RECAUDADORES DE TIEMPO

ROSARIO JIMÉNEZ ROQUE

RECAUDADORES DE TIEMPO

ROSARIO JIMÉNEZ ROQUE

Primera edición, Julio de 2021

Rosario Jiménez Roque
www.rosariojimenezroque.com
Facebook: @rosariojimenezroque
Twitter: @RosarioJRoque
Instagram: @rosariojroque

Ilustraciones de cubierta: Tania Blázquez y Judit Blázquez
Realización, impresión y distribución: Amazon KDP

ISBN: 978-84-09-28743-7

A los miembros de Ediciones Oníricas.

Que me dieron la oportunidad de probarme a mí misma y me introdujeron en el mundo del libro apostando por mi trabajo.

CONTENIDO

PRÓLOGO
CAZADORES DE TORMENTAS

Había algo que todo Shuc-la, fuese hombre, mujer o niño, temía más que a la propia muerte: salir elegido en el sorteo. Normalmente éste se realizaba una vez al año, pero si por lo que fuera se producía algún añadido adicional a la comunidad, como un nacimiento *«imprevisto»* o la llegada de algún extranjero que superara la prueba de acceso, entonces los gobernantes realizaban una rifa extraordinaria, y el premio de resultar ganador era el destierro. A cualquier persona con un mínimo de apego emocional a su hogar esto le resultaría muy duro, sin embargo para un Shuc-la el ser desterrado significaba mucho más que abandonar su tierra para siempre; era romper el vínculo mental con sus más allegados, ver su vida limitada por una marca y ser vendido como esclavo. Esto último era lo más difícil de aceptar, sino imposible, y es que muchos morían antes de cumplir el año de esclavitud. Pero era gracias al sacrificio involuntario de unos pocos que la ciudad de Siresli y sus habitantes podían disfrutar de su actual nivel de vida, y por ello nadie se oponía a los sorteos.

Mostaz apenas tenía nueve años cuando su nombre salió ganador. No quería, ni estaba preparado para irse, aun-que claro, un verdadero Shuc-la no muestra sus emociones, o al menos eso le enseñaron. Habría sido muy bonito decir que se entregó voluntariamente a su destino. Aunque lo cierto es que hizo cuanto estuvo en su mano por oponer resistencia. Todo en vano, por desgracia.

Fue vendido al mejor postor, que resultó ser un ricachón del oeste que al parecer lo quería como mascota para su hija o algo por el estilo pero, todo sea dicho, el muchacho nunca llegó a saber para qué lo compraron exactamente, ya que poco después de emprender el viaje hacia su nuevo hogar unos maleantes asaltaron a su amo y *«lo robaron»*. Se trataba de un grupo de Shuc-las renegados, que se habían librado de sus esclavistas y que buscaban a otros como ellos para que se les unieran.

Aniki era el nombre del líder de esta banda, y era poco menos que un dictador con esporádicos ataques de locura u obsesión. Era, además, meticuloso y muy concienzudo con casi todo lo que hacía, y por ello nadie se atrevía a oponérsele, salvo tal vez una persona.

El plan de Aniki consistía básicamente en crear una nueva Siresli allí donde los habían desterrado, siendo su banda la única con derecho a vivir en ese nuevo hogar. Ahora bien, para restablecer un pueblo hacía falta algo más que hombres; para que los nuevos Shuc-la pudieran llamarse a sí mismos pura sangre era necesario que sus madres lo hubiesen sido también. Por desgracia, las féminas de su especie eran las que más sufrían en su vida de esclavas y, a menudo, terminaban quitándose ellas mismas la vida. Hecho que les dificultó sobremanera encontrar mujeres Shuc-la que se unieran a su causa. Hasta que finalmente dieron con alguna.

Según su líder, para reconstruir la nueva Siresli primero debían destruir la anterior, y para lograr tal fin se valdrían del poder destructor de los Señores del Clima, más concreta-mente de aquellos que en algún momento habían sido encerrados en cristales. Más de una docena de los suyos pagó con sus vidas el averiguar cómo funcionaban los prismas, secreto hasta entonces guardado por los ancianos de su tierra natal pero, al final, valió la pena. No solo se hicieron con un poderoso armamento, sino que además por el camino encontraron una hembra de su misma especie.

Golondrina era… muy poco femenina, y la esclava con más libertad que Mostaz jamás hubiese visto, y había visto muchas. Parecía más la señora de la casa que una sirvienta, y de no ser por su fidelidad ciega para con el viejo que era su dueño y sus nada ocultas habilidades, que mostraba sin miedo, casi podría decirse que era humana, pues sus tatuajes apenas eran apreciables aún. Vestía como quería, hablaba cómo, cuándo y con quien quería, y en general era tratada como otro miembro de la familia, e incluso tenía algo pareci-do a una hija en común con el anciano, llamada Pantera.

Fue inevitable que Aniki pusiera sus ojos en ella, lo increíble fue que ésta lo rechazara. Tal vez fuera por ello que el cabecilla de los renegados se decidiera a dejarle algo de tiempo para meditar su propuesta antes de obligarla a aceptarla como había hecho con el resto.

El conflicto fue inevitable y Mostaz… el muchacho no tenía más opción que acatar las órdenes de Aniki fueran cuales fuesen, pues aun cuando tuviera la fuerza necesaria para oponérsele no tenía lugar a donde ir si lo expulsaban. Así que obedeció sin pensárselo dos veces. Sin embargo, y contra todo pronóstico, los humanos con los que Golondrina vivía utilizaron los Señores del Clima contra ellos, y vencieron. Los Shuc-la no tuvieron más remedio que retirarse dejando al crío atrás, o al menos eso quiso creer él ya que la verdad era que lo habían abandonado a su suerte.

De la noche a la mañana su vida pasó a depender de la buena voluntad de sus antiguos enemigos, y no todos ellos lo acogieron de buen grado.

01
REMOLINOS DE FUEGO

e llamaba Hiedra, sí, como la enredadera, y por extraño que pudiera parecer el hecho de que su nombre fuera ese no estaba relacionado con el lugar donde vivían, pues poca vegetación puede encontrarse bajo la capa de hielo en la que subsistían, y menos aún con que sus ojos fuesen de color verde. El motivo por el que sus padres decidieron llamarla así fue porque, mientras estaba en el útero de su madre, el cordón umbilical se le enroscó al rededor del cuello, dato que descubrirían tras el parto, y al nacer no respiraba. Se la dio por muerta, y solo tras los histéricos e incesantes cates de la comadrona la niña empezó a respirar. De modo que su nombre fue Hiedra para que en el fututo fuera capaz de salir ilesa de los enredos que el destino le tuviera preparados al igual que lo había hecho al nacer.

En cuanto a su hogar, éste estaba situado al pie de una gran montaña que en realidad era un volcán semidormido, lo que en su caso significaba que una vez cada diez años despertaba. Era extraño, pero en su tierra coexistían la nieve y el fuego, lo que contribuía en gran medida a que el paisaje no fuera totalmente blanco y que en ciertas zonas muy concretas el hielo adquiriera tonos amarillos o incluso naranjas. Y bajo tierra, donde solían vivir durante las épocas más frías, las temperaturas eran cálidas como en las prima-veras del sur y las aguas ricas en sales minerales. Muchos podrían pensar que esto era una locura imposible pero para ellos, que sabían aprovechar la fuerza latente de aquella tierra y reconducir las masas de aire caliente a través de las galerías que más les convenían, aquel paraje llamado Tatlas era un paraíso. Siempre y cuando se conociesen las rutinas del volcán.

Hiedra tenía nueve años la primera vez que emigró con su familia al sur. Era un ciclo que se cumplía siempre, en el que la montaña pasaba diez años dormida y uno despierta. Era antes de este último año que los habitantes de Tatlas debían emigrar para sobre-vivir. Fue en aquella primera ocasión que su familia y ella misma conocieron a Eltos y a su ahijada, Lys. La niña era poco más que un bebé con una horrible cicatriz en el pecho, pero él era todo lo que un joven debería ser, o al menos así lo veía la muchacha. Era alto, era apuesto, algo reservado, responsable y de confianza, con lo que fue cuestión de tiempo que las mujeres solteras de su pueblo empezaran a competir por el extranjero que había decidido unírseles de regreso al norte.

Dado su modo de vida, en el que debían reconstruir todo de la nada cada diez años, compartir se había convertido en la base para la supervivencia, pero aun así había cosas que jamás se cedían, y Eltos era una de ellas. Desde el primer día Hiedra se preocupó de que no le faltara de nada, y por supuesto de espantar a las moscas, con lo que al cumplir los doce ya era bien sabido que, además de su casa, la muchacha se encargaba de atender la del forastero. Una batalla sin tregua ni cuartel cuyo único fruto parecían ser las resignaciones de las demás rivales, porque Eltos no daba su brazo a torcer. Y si sabía lo que pasaba no lo daba a entender. En fin, la firmeza de carácter era una cualidad que Hiedra apreciaba en un hombre, así como ese aura misteriosa que parecía envolver al extranjero. Aunque, en el caso de éste, la gran incógnita de su persona era su protegida, Lys, pues no se parecía a él en nada, y si no era su hija ilegítima o la de algún pariente lejano, algo que él mismo había negado en una ocasión, entonces no tenía ningún sentido que la cuidara de aquella manera. Bueno, el instinto paternal tampoco estaba de más en el ideal masculino de la joven.

Entre los quehaceres del día a día, y los misterios por resolver del enigmático extranjero, transcurrieron dos años. En teoría estaban aún muy lejos de alcanzar la mitad del ciclo de sueño del volcán, que solía ser el mejor momento para los cultivos subterráneos y la extracción de los minerales con los que luego pagarían su estancia en el sur durante el periodo de actividad del mismo. Sin embargo, una noche, la tierra tembló de tal modo que despertó a dos tercios de la población, y en cuanto al resto… jamás llegaron a salir de sus casas.

—¿¡Qué ocurre!? —preguntó histérica a su madre.

El suelo estaba muy caliente y había derrumbamientos por doquier a causa del terremoto.

—¡Coged lo imprescindible, nos vamos! —anunció su padre.

Aunque llevaban allí casi tres años, apenas había nada fuera de las maletas que resultara realmente imprescindible, gajes del oficio cuando se vive tan cerca de un volcán. Sin embargo el equipaje no era lo que ocupaba la mente de Hiedra.

—¡Voy a avisar a Eltos! —salió corriendo antes de que ninguno de sus padres pudiera detenerla.

Fuera todo era un caos. El techo de hielo y piedra se caía, y aquí y allá podían verse trozos del nublado cielo. En algunas zonas el suelo estaba tan caliente que al caer la nieve esta se evaporaba casi al instante, lo que provocaba severas quemaduras en todo aquel que estuviera demasiado cerca y hacía que la atmosfera dentro de las cavernas resultara asfixiante. Se escuchaban gritos, no solo de pánico sino de dolor, y el aire apestaba a azufre.

—Deberías estar con tus padres —fue lo que le dijo el extranjero nada más verla.

¿Cómo podía estar tan calmado? La gente estaba muriendo… ¡Todo su maldito mundo se estaba desmoronando! ¿Por qué estaba ocurriendo aquello? ¡No tenía sentido!

—Tenemos que irnos, ¿dónde está Lys?

Lo que ocurrió a continuación fue muy confuso, ya que el suelo volvió a temblar y el techo del hogar de Eltos se derrumbó justo encima de donde estaba Hiedra, aunque no la hirió. El extranjero la había apartado a tiempo de evitar el desastre y, cogiéndola de la mano, tiró de ella primero fuera de la casa y luego a través de los túneles. La muchacha, completamente en blanco debido a la impresión, solo fue consciente de vocalizar algo sobre su familia, pero únicamente por la respuesta que recibió de su salvador.

—No hay tiempo, debemos salir de aquí cuanto antes.

Poco a poco y mientras corrían, fue despertando de ese ensimismamiento en el que se había visto sumida desde que Eltos la salvó de morir aplastada por ese derrumba-miento. Para ella era como si todo su alrededor fuera a cámara lenta, tan despacio que eran incapaces de evitar el desastre.

Encontró a Lys cuando le fallaron las piernas y su salvador se la puso en brazos antes de cogerla a ella y seguir su marcha. Curiosamente no se dirigieron hacia ninguna de las salidas excavadas por el pueblo de Hiedra, sino que siguieron corriendo por los túneles y alejándose del volcán hasta que un nuevo derrumbamiento justo delante de ellos creó la escalera y puerta que necesitaban para salir. Era casi como si Eltos hubiera sabido que pasaría.

—¿¡Pero qué está pasando!? —preguntó horrorizada.

La montaña no había despertado como cabría esperar, y allá donde la tierra se había hundido grandes ráfagas de fuego salían de sus entrañas en forma de remolinos que se alzaban hacia un cielo cada vez más negro. Y en cuanto al volcán… era como si algo dentro de él rugiera, pero sin que saliera lava alguna.

—Luyoe llora la muerte de su amada Saida —explicó Eltos mientras le quitaba a Lys de las manos y tiraba de nuevo de ella para alejarla de allí.

—¿De qué estás hablando?

En aquel momento la montaña explotó. No con fuego o magma, ni tampoco con gas. De las entrañas del volcán surgió una criatura similar a los dragones que aparecían en los cuentos del interior del continente; un gran reptil alado cuyo cuerpo era del color de la lava y que, al igual que esta, lo quemaba todo a su paso.

—Vámonos.

—¡No! ¡Quiero que me expliques lo que está pasando! ¿Quiénes son Luyoe y Saida? —la criatura salida del volcán rugió y los remolinos de fuego comenzaron a acercarse a ella.

—Debemos irnos ahora —la cogió de la mano y tiró de ella, pero Hiedra se soltó.

—¿Y qué pasa con mis padres?

—No podemos hacer nada por ellos —respondió sin pensárselo dos veces.

¡¿Qué?! La había sacado a ella, ¿por qué no podía hacer lo mismo con el resto? Y sobre todo ahora, que el fuego parecía estar retirándose. ¿Acaso ya había olvidado que el pueblo de la muchacha lo acogió sin reservas cuando necesitó un lugar en el que quedarse?

—Nosotros te ayudamos cuando lo necesitaste —le recordó, aunque fue casi una súplica.

Otro en su situación hubiese abandonado a aquella cría desagradecida a su suerte, pero Eltos le sostuvo la mirada mientras meditaba lo que acababa de oír. El tiempo debió detenerse mientras la muchacha contemplaba aquellos intensos ojos de color verde oscuro, porque durante unos segundos fue incapaz de ver u oír nada que no fuera aquel hombre.

—Cuida de Lys —dijo finalmente mientras le entregaba a la pequeña que, pese a todo, había estado durmiendo apaciblemente todo el tiempo—. Mírame —de repente una fuerza invisible la obligó a alzar la mirada hacia los ojos de Eltos, que vibraron como si un tercer párpado invisible se hubiese retirado hacia las orejas dejando ver un iris un poco más claro de lo habitual y mucho más hipnótico de lo que era antes—. Irás hacia el interior del continente sin mirar atrás hasta encontrar una torre solitaria. Allí me esperarás junto con Lys, a la que protegerás con tu vida hasta mi regreso —dicho lo cual miró a la más pequeña—. Despierta ahora —y esta obedeció.

En cuanto los ojos de su salvador volvieron a la normalidad Hidra giró sobre sí misma y, agarrando a la niña con firmeza, se puso a caminar hacia el sur. No podía parar, ni hablar, y mucho menos girar la cabeza para ver qué estaba pasando en el hogar que dejaba atrás. En algún lugar de su mente su propia voluntad, presa y enmudecida, trataba con todas sus fuerzas de recuperar el control de su cuerpo pero, fuera lo que fuese que le había hecho Eltos, lo cierto era que todos sus esfuerzos fueron en vano.

02
EL NIDO DE LA GOLONDRINA

os años. Lo que para unos es apenas un suspiro para otros puede ser una verdadera tortura, y en su caso… ¿cómo catalogar lo que no se comprende? Rull había tenido dos años para convivir, dos años para observar y descubrir, pero sobre todo dos años en los que encontrarse a sí mismo. No es que hubiese cambiado de religión o descubierto que tenía fe en alguna, es más, estaba seguro de que de haber algo ahí arriba parecido a un Dios, éste la debía de tener tomada con él por todos sus años de estúpidos galanteos sin sentido persiguiendo faldas. ¿Cómo si no podía explicarse que se hubiera enamorado de la única mujer sobre la faz de la tierra que sabía que jamás llegaría a corresponderle?

Bien, hasta aquí las cursilerías.

Entre todos habían tenido que convertir la vieja torre en un lugar habitable y medianamente confortable para el grupo que ahora formaban, y no solo porque Pantera hubiese dado a luz a un precioso niño, sino porque Mostaz se había quedado con ellos. Esto último implicó arriesgarse a que el muchacho pudiera escaparse, y traicionarles, además de muchos días tratando de convencer a Golondrina para que accediera a liberarlo. Afortunadamente, la labia de Kirt logró hacerla entrar en razón convenciéndola de que en el peor de los casos, si el muchacho escapaba, los llevaría hasta la última ubicación conocida de los renegados, pero para desgracia de la Shuc-la el crío no se fue. No era tan tonto como para creer que el grupo de Aniki lo dejaría volver sin más después de haber estado preso.

Los cambios más apreciables que se había hecho al hogar había sido la instalación de un ascensor de poleas y una puerta para cerrar la torre desde dentro, algo que antes se había echado en falta. El sistema era prácticamente igual al que se usaba en los pozos de agua, el del ascensor no el de la puerta, pero la existencia del mismo se hizo inestimable cuando hubo que empezar a subir cargas pesadas a la parte más alta del edificio. Por supuesto se procedió a la reparación de la famosa ventana que Golondrina tanto usaba y a la ampliación de la zona habitable, aunque hubo más cambios.

En lo referente a los miembros del grupo, además de la baja de Röu y la *incorporación* de Mostaz, había que contar con el hijo de Pantera; Roka. Para su nombre usaron las primeras consonantes de los nombres de los varones del grupo y las primeras vocales de los de las mujeres: la *«R»* de Rull, la *«o»* de Golondrina, la *«k»* de Kirt y la *«a»* de Pantera. Fue algo que hicieron en memoria del viejo, que a buen seguro le habría querido poner un nombre así si es que no le ponía el de algún animal… ¡pobre niño! Cuando la Shuc-la lo vio por primera vez, aun con restos de sangre tras el parto, casi lo tira por la ventana. Su piel era oscura como la de su madre, pero sus cabellos eran rubios y sus ojos celestes.

—Es un Odba —dijo, como si aquello justificara su eminente acción.

—¿Un qué? —preguntó Kirt que, como el resto de varones, había ido a ver al recién nacido.

—Dame a mi hijo, Golondrina —exigió Pantera.

—Es un Odba —repitió la Shuc-la.

Lo cierto es que Mostaz también puso cara rara al ver al pequeño que, sin llegar a medir los cincuenta centímetros, parecía suponer una amenaza para ellos.

—Es una tribu de la isla de Norde —explicó Rull entre susurros—. No pongas esa cara, ¿tan raro resulta que sepa algo que tú no? —rio.

—Ya hablaremos de eso luego —le respondió el joven sabelotodo del grupo.

—Su padre era un Odba, sí, ¿y qué? Yo soy su madre y te digo que me lo des —la madre, que estaba débil por el parto, parecía más vital que nunca a la hora de pelear por su hijo.

Viendo cómo se estaban desarrollando los acontecimientos Kirt decidió intervenir antes de que las dos mujeres hiciesen algo de lo que pudieran arrepentirse más adelante.

—Röu y tú criasteis a Pantera como si fuera vuestra hija, ¿no convierte eso al niño en tu nieto Golondrina?

—¿Qué? —preguntaron ambas féminas a la vez.

—Metafóricamente hablando, claro.

Hasta el muchacho, que había propuesto aquello, pensó que lo que acababa de decir era una locura, y sin embargo solo necesitó ver la cara de la Shuc-la para saber que mencionar al anciano había sido un acierto. Pensar que el viejo junto con Pantera y Golondrina habían formado una especie de familia hizo que la opinión de la mujer cambiara de manera drástica con respecto al niño, al que empezó a cuidar como si fuera de su misma sangre. El problema era, según Kirt, que aquella relación no parecía real. La Shuc-la se esforzaba a diario por cumplir con su nuevo roll, pero si se producía un despertar o presentía algo extraño le faltaba tiempo para dejar al niño con su madre y salir en pos de cualquier cosa que pudiese ser una pista sobre el paradero de Aniki. No por ello quería menos al chiquillo; de su afecto nadie tenía dudas.

Un dato interesante con respecto a esto último. Como el papel de abuela le quedaba algo grande a Golondrina, y el pequeño no acababa de pronunciar bien su nombre cuando empezó a hablar, la mujer con rostro de piedra acabó convirtiéndose en *«la tita Go»*.

Volviendo al tema principal, aquellos dos años sus vidas pasaron a ser bastante tranquilas y monótonas; arregla-ron la torre, construyeron vallas para hacer un huerto, hicieron muebles para la vivienda… y en general dejaron atrás todo lo que antes había significado ser un Cazador de Tormentas, lo que en un momento dado significó quitar los hilos de Röu de la pared. Solo en algunas ocasiones muy puntuales la Shuc-la dirigía la mirada al cielo y les decía que había despertado un Señor del Clima en uno u otro sitio. Al principio se turnaban e iban a investigar y aplacar la tempestad, pero tras cuatro años sin ninguna pista sobre el paradero del grupo de Shuc-las renegados y siendo los despertares cada vez menos frecuentes, hasta Golondrina terminó dándose por vencida.

—No los encontraremos nunca —fue lo que dijo un día más para sí misma que para el resto, tras lo cual se sumió en las sombras de una especie de depresión que poco a poco la iba consumiendo, y era peligroso pues cuanto más deprimida estaba con más frecuencia aparecían sus tatuajes.

Solo Roka era capaz de sacar a la Shuc-la de su ensimismamiento, y era en esos momentos que Rull aprovechaba para insinuar sus intenciones aunque, la verdad sea dicha, solo lo hacía para provocar algún tipo de reacción en la mujer.

—Viendo lo que te gustan los niños, creo que deberíamos tener el nuestro propio.

Sus palabras solían no ser las más acertadas, como demostraba ella cuando lo colgaba de la ventana de la torre y era necesario que el resto lo rescatara, pero al menos lograba que Golondrina pensara en otra cosa que no fuera el fracaso de su venganza.

—Un día te matará —le dijo Kirt, al igual que hacía cada vez que lo sacaba de esa clase de apuros.

—Ya casi no me cuelga nunca —le respondió Rull sonriente.

Pese a que todos prometieron ayudar a la Shuc-la con su venganza, sin pistas no había nada que pudiesen hacer. De modo que cada uno de ellos se dedicó a vivir su día a día: Kirt estudiando lo poco que había dejado atrás el viejo, Pantera absorta con su nuevo roll de madre, Mostaz tratan-do de encajar por todos los medios allí y Golondrina a medio camino entre su búsqueda y la autodes-trucción.

—Querrás decir que ya casi siempre te ignora —puntualizó Pantera.

—Tan amable como siempre —agradeció sarcástico el recién rescatado.

De no ser por él y sus tonterías aquella sería una casa de extra-ños que solo tendrían en común el techo bajo el que vivían. Cada uno de ellos estaba tan ofuscado en sus propios quehaceres que poco les importaba que Kirt hubiese con-vertido el piso de abajo en una especie de taller o que Golondrina hubiese destruido parte del bos-que subyacente entre obras en la torre y sus entrenamientos diarios.

—No entiendo qué pretendes con tanto chincharla, déjala tran-quila —le aconsejó la mujer.

—¿*«Qué pretendo»*? ¿Qué te parece evitar que se muera?

En los últimos dos años habían aparecido dos nuevas marcas en la piel de Golondrina. A ese ritmo pronto las marcas cubrirían toda su piel y moriría. Y lo peor de todo es que parecía ser él el único en darse cuenta y hacer algo, aunque fuesen esas tonterías.

—Lamento tener que admitirlo, pero Rull tiene razón —habló Kirt.

—Claro que tengo… —empezó a decir aun mirando a la mujer, pues seguía discutiendo con ella cuando el muchacho habló—. ¿Cómo que *lamentas admitirlo*?

¡Maldito mocoso! Bueno, ya no era tan crío como cuando lo conoció, pero a veces le gustaría seguir llamándolo así. Si era consciente del problema en lugar de darle la razón debería hacer algo, como él, y no dedicarse a sus manualidades y estudios.

—¿Razón en qué? —preguntó Pantera.

—Si no hacemos algo para que Golondrina vuelva a ser la que era es muy posible que pronto la… —su frase se vio interrumpida porque Rull le cerró la boca casi de un manotazo.

—¡No lo digas! —no quería oír lo que todos sabían que pasaría, porque de alguna manera sentía que si lo escuchaba en boca de alguien entonces sí que se cumpliría.

—Debimos seguir la pista de esos malnacidos hace dos años, cuando amainó la tormenta —gruñó la mujer.

—De haber dado con ellos solo habríamos conseguido que nos mataran —le recordó por enésima vez el joven.

—No empecéis otra vez por favor —les rogó Rull.

—¡Decid lo que queráis! —exclamó Pantera—. Pero si los hubiésemos seguido…

—Viene alguien —los interrumpió Golondrina, entrando por la ventana mientras cargaba con el pequeño Roka, al parecer encantado.

—¡Te he dicho mil veces que no hagas eso cargando con el niño! —Casi rugió la madre del pequeño mientras se lo quitaba de las manos a la Shuc-la.

—¡Tita Go, otra vez! —exclamó entusiasmado el crío con los brazos extendidos hacia Golondrina.

—¡Ni loca! —le respondió su madre.

En aquel alboroto Kirt había intentado preguntar en varias ocasiones quién era el que se acercaba a la torre pero, como lo interrumpían constantemente por memeces, acabó alzando la voz muy enfadado.

—¿¡Queréis callaros de una vez!? —Y por supuesto todos, incluido Roka, guardaron silencio—. Gracias. A ver, ¿sabemos quién puede ser? —se refería al intruso.

—Son dos humanos —informó Golondrina.

Aquello era extraño.

—¿Dónde está Mostaz? —quiso saber la mente del grupo.

—Subiendo la escalera —respondió Rull tras asomarse a echar una ojeada.

La Shuc-la, que aún no confiaba en el muchacho, chasqueó la lengua disgustada. De no ser tan orgullosa y haber creado algún tipo de conexión mental con el joven tal y como su pueblo solía hacer, puede que ambos se hubiesen librado de la maldición de los tatuajes. Pero no, para ella Mostaz seguía siendo un pequeño traidor en el que no se podía confiar, y encima había que agradecer que tolerara su presencia y no lo matara.

—Bien, ¿es posible que esas personas no vengan hacia aquí sino que se estén acercando demasiado por casualidad?

—Sabes que no —dijo Golondrina.

Cierto. El bosque que rodeaba la torre estaba repleto de trampas puestas por la Shuc-la, algunas de ellas de la época en la que empezó a vivir allí con Röu, así que para sortearlas o se era un experto en el terreno, o en la materia. Y pese a todo lo que realmente extrañaba a Kirt era que se tratase de dos humanos.

—Vienen… se acercan dos… dos personas —informó el recién llegado Mostaz, al que la escalera seguía dejan-do sin aliento incluso después de dos años subiéndola y bajándola diariamente.

—Uno de ellos es una mujer —habló de pronto la Shuc-la cuya percepción era más sensible que la de su congénere.

—¿Y el otro? —preguntó Rull.

—Un infante —respondió Golondrina—, no puedo decir si es varón o hembra.

Aquello era aún más extraño. ¿Qué clase de mujer se atrevería a cruzar un bosque lleno de trampas con un niño pequeño? Miró inconscientemente a la Shuc-la, pero descartó la idea de que pudiese ser nadie del grupo de los renegados porque ella ya les había dicho que se trataba de dos humanos.

—Solo se me ocurre que pueda ser alguna de tus antiguas amantes trayendo consigo a tu bastardo —le co-mentó Kirt a Rull en un momento de impotencia ante lo desconocido.

—Ya, ¿y cómo me ha encontrado?

—¿No niegas que pueda serlo? —preguntó con picar-día Pantera.

—Voy a ignorar la crítica implícita en tus palabras —dijo el aludido algo temeroso de la posible reacción de Golondrina—, y me limitaré a reiterar mi pregunta.

—Aniki se había unido a una humana —les recordó la Shuc-la—, puede que hubiera más como ella.

Era evidente que la idea de una pista sobre el paradero de los renegados al alcance de su mano la animaba, tanto como para que de su rostro se borrara la expresión de asco ante la mención de los amoríos de Rull.

—No saquemos conclusiones precipitadas —habló Kirt, que quería evitarle decepciones a la mujer—. De momento, deberíamos bajar alguno para recibir a quienes quieran que sean.

—Iré yo —se apresuró a decir Golondrina.

—Y yo —añadió Rull.

—Ya temí que diríais algo así —suspiró con cansancio el que había tomado las riendas del grupo—. Está bien, iremos los tres. Mostaz, cuida de Pantera y de Roka en nuestra ausencia.

—Sí... claro, las protegeré con mi vida —respondió el muchacho dándose un golpe en el pecho con el puño cerrado.

La Shuc-la chasqueó la lengua de nuevo, pero no dijo nada. El chaval, pese a ser de su misma especie, no era ni la mitad de fuerte ni rápido que ella, así que la mujer dudaba de que realmente fuese capaz de proteger a nadie. Es más, estaba segura de que los pondría en peligro con sus intentos.

—¿Es que mi opinión no cuenta para nada? —preguntó la madre del Odba.

—Últimamente creo que la de ninguno —dijo Golondrina mientras dirigía una significativa mirada a Mostaz.

—A veces me pregunto si no es Roka el más maduro de todos —murmuró Kirt con sarcasmo tras corresponder la despedida que el pequeño les estaba dedicando con la manita.

La Shuc-la saltó por la ventana tal y como solía hacerlo cuando Röu aún vivía, lo que era una buena señal… o no. Todo dependía de quiénes fueran sus visitantes.

—Vamos, listillo, que te dejo atrás —se burló Rull, contagiado por el buen humor de Golondrina, cuando lo adelantó por la escalera.

No es que el muchacho fuese más torpe que el resto, aunque sí que era cierto que en comparación había sido el que menos había salido de la torre con diferencia, pues los últimos dos años se los había pasado estudiando todo lo que el anciano había dejado atrás tras su muerte sobre los Seño-res del Clima. De hecho, antes de quitar los hilos de la pared Kirt se dedicó a pasar esa información a varios mapas. Sin embargo, y al igual que su predecesor, no fue capaz de encontrar ningún patrón en los sucesos.

—¿Quién es? —preguntó en voz alta a sus compa-ñeros cuando apenas le faltaban dos pasos para alcanzar la puerta.

Estaban a mediados de primavera, y además era medio día, lo que para el muchacho se tradujo en una ceguera momentánea al salir del edificio. Así, fue normal que no viera cómo la recién llegada desconocida lo arrollaba al tiempo que gritaba histérica y casi lloran-do una palabra que a todos les pareció un nombre.

—¡Eltos!

Luego perdió el conocimiento encima del aplastado Kirt.

03
Verdades e Ilusiones

Tardaron un buen rato en subir a la inconsciente desconocida, que se había quedado dormida poco después de tirar a Kirt al suelo, a la torre, y tras lograrlo solo una pregunta vino a la mente del afectado muchacho.

—¿Qué demonios significará «*Eltos*»? —preguntó.

Como cabría esperar, Golondrina no había estado de acuerdo con introducir a la muchacha en la torre, pero la pobre sufría tal estado de deshidratación que fue fácil convencer a la Shuc-la de que no supondría ningún peligro.

—A mí me ha parecido bastante obvio —respondió Rull con una molesta y juguetona sonrisa en los labios.

—Se estaba refiriendo a ti —resumió Golondrina con su habitual expresión de piedra.

—¿¡Qué!? —exclamó escandalizado—. Eso es imposible…

—¿Puede alguien explicarme —irrumpió Pantera en la habitación —por qué hay una cría de la misma edad que mi hijo jugando con él en su cuarto? Vigílalos —le dijo a Mostaz, que estaba allí desde el principio, aunque más como poste que como miembro del grupo.

—Al parecer tenemos aquí una amiguita de Kirt —explicó Rull con tono burlón.

—¿Y la niña qué es, su hija? —insistió Pantera.

—Eso es improbable —salió en defensa del muchacho la Shuc-la—. Tendría que haberla concebido cuando se unió a nosotros, tal vez antes. La muchacha debe haberlo con-fundido con otra persona.

—¡Gracias! —exclamó el muchacho de corazón.

—Sí, tienes razón —coincidió la otra mujer del grupo.

—¡Esperad un momento! ¿Por qué a Kirt le creéis y a mí me condenáis siempre que digo que no conozco a alguna mujer? —preguntó Rull visiblemente molesto.

—No creo que la cría sea hija de esa chica —continuó Pantera, ignorando la queja del compañero como si no la hubiese oído—, de serlo tendría que haberla tenido siendo apenas un piojillo.

—No sería la primera vez que pasa —comentó la no-humana.

—Lo más curioso es que la niña no da muestras de desnutrición o deshidratación como ella —observó el mu-chacho—. Es como si la hubiese estado cuidando a costa de su propia salud.

—¿La pequeña ha dicho algo? —preguntó la Shuc-la.

—Habla aún menos que Roka, solo he conseguido que me diga su nombre: Lys.

Eso que decía era difícil. El niño de la familia no dijo su primera palabra hasta los tres años, momento en el que Pantera lloró de alegría porque su hijo no era mudo, y dos años después seguía sin decir más que una o dos frases al día, a veces ni eso. Curiosamente, y pese a este problema de comunicación, tanto Mostaz como Golondrina eran capa-ces de percibir las necesidades del pequeño sin que este dijese nada, lo que estaba muy bien pero al mismo tiempo hacía que el crío nunca se viera en la necesidad de hablar. Es decir, que no hablaba.

—Solo podemos esperar a que despierte y nos responda estas preguntas ella misma —concluyó Kirt.

Y eso hicieron, bueno, la Shuc-la se pasó la mayor parte del tiempo revisando las trampas de los alrededores no fuese a ser todo aquello algún sucio entramado de Aniki. Pero, salvo ella, todos los demás se dedicaron a sus quehaceres habituales del día a día, con un añadido más a la hora de comer y vigilar a Roka, nada más.

La desconocida tardó dos días en volver en sí, y lo hizo preci-samente en el momento en que nadie la estaba vigilando, claro que con el porrazo que se dio al caerse de la cama todos quedaron advertidos de su consciencia. Puede que hasta algún habitante del pueblo vecino se enterara, pues incluso Mostaz, que en ese momento estaba trabajando en el campo, oyó la caída de la muchacha, bueno, más bien el grito de ésta al golpearse contra el suelo. Sin embargo, y pese a todo aquel alboroto, ni siquiera Golondrina fue capaz de llegar antes de que la desconocida saliera a todo correr de la habitación, muy asustada, y se abalanzara contra Kirt en cuanto lo vio, exactamente igual que lo había hecho el día que llegó.

—¡Eltos!

En esta ocasión el muchacho ya estaba advertido y no cayó al suelo por la fuerza del abrazo, aunque sí que hubo de retroceder un par de pasos. Por otro lado, la desconocida se aferró a él con todas sus fuerzas, lo que estaba haciendo daño al joven, mientras decía y repetía lo asustada que estaba y balbuceaba algo sobre haberla embrujado.

—Ya te ayudo yo —se ofreció Rull a separarlos, bien-do que a su amigo empezaba a costarle respirar.

Al final fue necesaria la intervención de Pantera, que también estaba allí, para separar a los dos muchachos, y finalmente la ayuda de Golondrina para inmovilizar a la recién despertada intrusa. Era realmente increíble que alguien con tan mal estado de salud demostrase semejante fuerza.

—¡Suéltame! —pidió ayuda a Kirt llamándolo por el nombre de Eltos, aunque en seguida se desmayó a causa de la inanición y el sobreesfuerzo.

Para cuando la muchacha volvió a despertarse ya le habían preparado un vaso de agua con azúcar para que no volviera a desfa-llecerse, y un tazón de sopa caliente para que ingiriera algo de alimento poco a poco. Dada la pasión que Kirt despertaba en ella, se decidió que éste no estaría presente mientras la interrogaran aunque, si por Golondrina hubiese sido, nadie salvo ella misma habría entrado en aquella sala.

—Empecemos por tu nombre —dijo la Shuc-la, que había dado su palabra de no ser demasiado dura con la muchacha.

—¿Dónde está Eltos? —preguntó la aludida mirando a sus interrogadores con rebeldía mientras devoraba la sopa con fervor.

—Tu nombre —insistió Golondrina con su fría actitud de siempre.

Normalmente aquella fórmula habría bastado para soltar la lengua de quien quiera que estuviese interrogando la Shuc-la, pero no la de la desconocida, que frunció el ceño y, en un alarde de cabezonería, repitió la misma pregunta.

—¿Dónde está Eltos?

Rull sabía perfectamente cómo podía acabar la muchacha si no respondía a las preguntas de Golondrina, así que intervino.

—¿Quién es la niña?

—¿Quién? —por un momento la joven pareció des-concertada, pero no tardó en abrir los ojos como platos al darse cuenta de lo que estaba pasando—. ¡Lys! ¿Dónde está? —se levantó—. ¿Dónde está Lys?

—Responde primero a nuestras preguntas —dijo Go-londrina.

—Luego te daremos a la niña —añadió Rull, que sabía que su compañera no había dicho eso a consciencia.

La chica abrió la boca para protestar, pero no dijo na-da. Poco a poco la fue cerrando al tiempo que su rostro empezaba a reflejar la situación en la que se encontraba, y es que no podía hacer más que obedecerles.

—Hiedra —gruñó.

—¿Cómo? —preguntaron a la vez los dos interroga-dores, que creían haber oído mal.

—Mi nombre es Hiedra —volvió a decir ella, pero esta vez separando cada sílaba mientras vocalizaba con exageración.

—Nosotros somos Rull y… —Golondrina le cerró la boca.

—¿Por qué estás aquí? —continuó el interrogatorio la mujer.

—Eltos me dijo que viniera. Él me… no lo sé, creo que me hechizó.

—¿*«Te hechizó»*? —la Shuc-la se mostró excéntrica.

—¡Sí! Él me… me miró a los ojos y… ¡Ag! No lo sé, pero no podía mover mi cuerpo, era como… si yo no lo controlara —confesó finalmente.

No pasó ni un minuto desde que la muchacha dijo aquello hasta que la Shuc-la se asomó a la puerta y le hizo una señal a Kirt para que pasara. La reacción de la joven al verle fue mucho más rápida de lo que ninguno hubiese previsto.

—¡Eltos! —esta vez no se abalanzó sobre él, aunque sí que dio un pequeño brinco en la silla.

—Lo siento, pero me confundes. Mi nombre es Kirt.

—¿De qué estás hablando Eltos? Soy yo, Hiedra, nos conocemos desde hace años, ¿por qué tratas de engañarme? —no se atrevía a levantarse porque la Shuc-la estaba en su camino hacia él.

—¡Te estoy diciendo que yo no soy…! Da igual —se calmó—. Está bien, supongamos que soy ese tal *Eltos*. ¿Has venido a buscarme?

—No, tú me dijiste que viniera aquí a esperarte con Lys.

Aquello tenía aún menos sentido que todo lo anterior.

—¿Cuántos años hace que le conoces? —intervino Golondrina.

—Dos… casi tres diría yo. ¿Qué día es hoy?

—Dijiste que te hechizó —continuó la Shuc-la—. ¿Cómo lo hizo?

—¿Por qué me lo preguntas a mí? —se ofendió Hiedra—. Pregúntaselo a él.

—¡Que yo no soy…! —bastó una simple mirada para que Kirt se diese cuenta del plan de su compañera—. Quiero que expliques tú cómo fue.

De momento, y hasta que tuviesen todas las piezas del puzle, el muchacho aceptó hacer del tal Eltos.

—No lo entiendo, pero vale —cedió la muchacha—. Eltos me miró a los ojos y me dijo que caminara hacia el centro del continente buscando una torre. Debía llevar a Lys conmigo y protegerla con mi vida. Eso es todo.

Golondrina le hizo una señal a Kirt, y este, tras unos segundos comprendió el significado de la misma. La chica les estaba ocultando algo.

—No me gustan los mentirosos Hiedra.

—¿Qué más no nos estás contando? —preguntó la Shuc-la, dejando a Kirt el papel protagonista en la interrogación.

Al principio la chica se mordió los labios, mirando a uno y otro lado con nerviosismo hasta que se atrevió a hablar evitando el contacto visual con el que creía que era Eltos.

—Sus ojos… ¡Sus ojos se volvieron amarillos y…! —no fue capaz de decir nada más.

Golondrina sin embargo ya había empezado a atar cabos, y solo necesitó hacer dos preguntas más para confirmar sus sospechas.

—La niña, Lys, ¿tiene alguna marca o cicatriz?

—Ayer mismo Pantera dijo que se había asustado cuando al bañarla vio que tenía… —empezó a explicar el muchacho.

—Lys tiene una cicatriz en el pecho, a la altura del corazón —se le adelantó Hiedra.

—Y ese tal Eltos, ¿hablaba de forma extraña cuando lo conocisteis? —continuó la mujer.

—¿Cómo lo sabes? —preguntó muy sorprendida la muchacha—. Ya habla normal, pero al principio era como si al hablar te estuviese contando un cuento del que él era un personaje más.

Aquello fue suficiente para que Golondrina lo identificara.

—¡Ya sé quién es Eltos! —exclamó sonriente la Shuc-la, más de lo que lo había estado en mucho tiempo, lo que cogió desprevenidos a todos los presentes—. Es el Quaz que conocimos en Lagos.

—¿Quién? —preguntaron los dos hombres a la vez.

—El Dragón de Agua que había compartido su corazón con un bebé —dijo a Rull—, el mismo al que dimos tu sangre como pago por la información sobre los asesinos de Shinyuo —miró a Kirt.

—¿¡Lys es ese bebé!?

—¿Y por qué demonios ese Quaz tiene mi mismo aspecto?

—Los Quaz no pueden sobrevivir mucho tiempo lejos del agua. Debe haber encontrado el modo de hacerlo usan-do tu sangre, y en cuanto a la apariencia…

—¿De qué estáis hablando? —los interrumpió la muchacha, confusa por sus palabras.

El rostro de Golondrina, iluminado por una sonrisa despertada por la mención de un tiempo pasado, se fue apagando hasta recuperar su frialdad habitual, y es que comprendió que aquella visita no resolvería ninguna de sus dudas ni la ayudaría a cumplir con su venganza. Era en esos momentos cuando más vulnerable parecía, y cuando más peligrosa podía llegar a ser.

—Lo que no alcanzo a comprender es por qué aquel Quaz la mandaría venir hasta aquí junto con su protegida —observó Rull.

Lo dijo en el momento justo, ya que atrajo la atención de la Shuc-la hacia otro tema.

—Es cierto —miró a Hiedra—, ¿por qué te mandó venir?

La muchacha no había cedido un ápice a sus emociones más profundas durante todo el interrogatorio, sin embargo en aquel momento perdió los nervios y rompió a llorar desconsolada. Tanto fue así que hasta le entró hipo.

—La monta… ña estalló… la montaña estalló— repitió.

04
LLUVIA DE CENIZA

El cielo estaba completamente blanco y, de no ser por el leve mecer de los árboles y las viajeras manchas grises de la albugínea bóveda, casi podría decirse que el aire había desaparecido, ahogado por la suave pero constante cortina de agua que parecía acompañarlos en ese viaje. La tenue luz y el ronroneo de la lluvia al chocar con el suelo inducían a un sueño que, si no se producía, era por la falta de una manta seca y cálida bajo la que acurrucarse.

La humedad era bastante densa, lo suficiente como para que una simple gota de agua en la ropa tardarse horas en secarse, y creaba la sensación térmica de frío cuando en realidad la temperatura no era demasiado baja.

Estiró el brazo para dejar al descubierto una mano de color chocolate, y la colocó a modo de cuenco para después dejar que el agua se filtrara por entre sus dedos. Era una sensación extraña.

—Vernam.

Se volvió hacia su compañero, cuya piel era algo más clara que la suya. Por algún motivo no podía pensar en él como algo más que un mestizo, y eso que tenía los ojos propios de su tribu, pero para él no dejaba de ser un mulato como el que estaban buscando. Bueno, los mestizos estaban bien: eran genéticamente más fuertes y resistentes, y saneaban la sangre del pueblo.

—¿De verdad es necesario todo esto?

Aun cuando encontraran a la criatura solo estarían llevándola a un mundo de conspiraciones y puñaladas por la espalda escondidas bajo falsas promesas de amistad. ¿Quién querría vivir en un lugar cuyos cimientos se sostenían sobre una gran mentira? Allí fuera todo era… Natural… Real.

—Es la voluntad del Consejo.

El Consejo… Una partida de ancianos decrépitos. Las más mezquinas y traicioneras ratas del mundo eran bebés en comparación con ellos. Manipulables y manipuladores, por paradójico que pudiese sonar.

—Tal vez no lo encontremos —le recordó, algo reacio a proseguir con aquella búsqueda.

—Para eso estás tú aquí.

Mulatos… Sangre nueva pero la misma vieja cabeza. Tanta fuerza y tanta tontería para al final ser un pura sangre como él el que hiciera todo el trabajo. Si tan solo no tuviesen tanto miedo de ser rechazados y mostrasen su opinión en lugar de obedecer ciegamente al Consejo…

—Hacia el este —dijo antes de ocultar la mano dentro de la manga.

—A ver si lo he entendido bien —empezó a decir Rull, no muy convencido de aquel plan—, ¿vamos a viajar hasta la mismísima Tatlas solo porque ha entrado en erupción el volcán?

—No tienes que venir —le recordó la Shuc-la, que ya tenía hecha la maleta y esperaba a Kirt con la esperanza de que la bolsa que Rull tenía en las manos no significara que pensaba acompañarlos.

—No me malinterpretes Golondrina, contigo iría al mismísimo infierno, solo que no esperaba tener que hacerlo tan pronto —lo dijo con aquel tono galante suyo que tan enferma ponía a la mujer.

La Shuc-la decidió no malgastar más saliva diciéndole que no fuera. Conociéndolo, cuanto más insistiera ella en que se quedara más motivos encontraría él para acompañarlos y más pesado se pondría… Es más, estaba segura de que todas las pegas que había puesto a ese viaje habían sido solo para hacerla hablar.

—Así que, una vez más, os vais y me dejáis aquí tirada —se quejó Pantera.

—Si les ocurre algo en mi ausencia te mataré —le dijo la Shuc-la a Mostaz, ignorando por completo el comentario de su ahijada.

Ya habían dejado al joven a cargo de la torre y sus habitantes en anteriores ocasiones cuando un Señor del Clima despertaba en uno u otro lugar, pero aquella era la primera vez que de verdad tenían alguna posibilidad de encontrar pistas sobre el paradero de Aniki y los suyos, y si era así, tardarían bastante tiempo en regresar. Si es que volvían, claro.

—Los protegeré con mi vida —prometió el muchacho, ya acostumbrado al injusto trato que le daba su congénere.

Oyeron que Kirt por fin se acercaba, y Golondrina empezó a bajar la escalera seguida de cerca por Rull.

—¿No vas a despedirte de Roka? —le preguntó, pues sabía que la mujer idolatraba al pequeño sin disimulo.

Si la información de Hiedra era correcta, y no tenía motivos para pensar lo contrario, Saida había muerto. No es que fuera una Señora del Clima joven pero los vastos conocimientos de la Shuc-la sobre esta especie le decían que la criatura debería haber vivido muchos siglos más antes de expirar. Además, al estar en simbiosis con Luyoe lo normal habría sido que este también muriera, pero seguía vivo y furioso por la muerte de su compañera. Se mirara por donde se mirase aquello tenía la firma de Aniki.

—Es un Odba, él ya sabe que me voy —respondió a Rull—, y que volveré —añadió, aunque más bajo pues era una promesa que no estaba segura de poder cumplir.

Kirt, que había usado el ascensor de poleas, llegó primero abajo, y los esperaba con una mochila casi más alta que él mismo. Rara vez usaban el ascensor para moverse ellos mismos de un piso a otro de la torre, así que su acción era cuando menos sospechosa.

—Anda, dame eso —insistió su compañero.

—¡Oh, vamos! Prometo que no os retrasaré.

—Saca todo lo que no sea imprescindible —le dijo la Shuc-la a Rull, pues ambos sabían ya la forma en la que el joven preparaba su equipaje.

—¡Mira por donde, esto es nuevo! —exclamó el hombre tras sacar varios chismes.

—Es mi nuevo invento —lo presentó orgulloso el muchacho—; me inspiré en los restos del núcleo de Siresli para hacerlo… En la funcionalidad, no la forma —añadió, pues aquello parecía un pequeño cañón de mano—. Veréis, esta palanca lo activa, si está hacia atrás absorbe la energía del Señor del Clima más cercano, y si la presionas hacia adelante dispara esa energía concentrada en un rayo.

—¿Funciona? —preguntó Golondrina, visiblemente interesada.

—Bueno… Aún está en fase de prueba —confesó el joven.

—Trasto —lo calificó la mujer sin mayor pena ni gloria.

—Trasto —repitió Rull mientras lo sacaba de la maleta.

En más de una ocasión, durante los pasados dos años, habían viajado a Siresli, o lo que quedaba de ella, en busca de información sobre el paradero de Aniki sin éxito, y siempre que habían ido Kirt se había traído consigo algún resto de la ciudad. Normalmente era objetos inútiles o retazos de tecnología que ya no servían para nada, pero su incansable curiosidad le había llevado a investigar aquellos restos e incluso a desarrollar sus propios inventos, que siempre terminaban por explotar. En esto último tenía mucho que ver la mano de Golondrina, aunque eso era algo que nadie sabía ni debía saber.

—¡Tened cuidado con eso! —exclamó el más joven de los tres mientras sacaban los últimos chismes de su equipaje.

Tras rehacerle la maleta al muchacho comenzaron su viaje al norte, donde la península de Tatlas se encontraba. En esta ocasión no tenían otro medio de transporte que no fueran sus propias piernas, de modo que se prepararon para lo que sería la primera de muchas largas jornadas.

Los colores habían desaparecido. Todo se había vuelto de un oscuro gris, algo más claro en el cielo y algo más oscuro en el suelo, pero gris. El oxidado naranja, el atrevido amarillo, y hasta el impoluto blanco habían dejado de existir allí. Ahora la nieve era polvo.

La lluvia ya no era de agua, ni de ninguna de sus formas, sino ceniza. Una fina y grisácea arenilla que caía del cielo con suma delicadeza, pero que ahogaba sin piedad a quien quiera que se atreviera a intentar respirarla. Aunque bueno, ya nadie quedaba allí para contemplar aquel paisaje salvo ellos.

—¿Tienes el prisma?

Asintió a su compañero. Todo estaba preparado para ese momento, en el que Luyoe se había calmado, pues solo entonces podrían atraparlo. Había quien opinaba que no debían haber matado a Saida, sino capturar a su compañero mientras este dormía, y a los que decían aquello Dudo les respondía igual que a los que creían que un mudo como él no podía dirigir un grupo de asalto; con un golpe bien dado. Aniki necesitaba el poder de un Señor del Clima como aquel para activar el nuevo núcleo que habían creado, y Luyoe era indistinguible de una piedra o roca cualquiera mientras dormía, así que tuvieron que despertarlo por la fuerza.

El plan original no había sido matar a Saida, eso era cierto, pero cuando esta opuso resistencia, y la vida de su equipo peligró, Dudo tomó la mejor decisión para los suyos.

La ira del Señor del Clima con forma de dragón parecía haberse aplacado, las llamas del volcán se habían extinguido y la lava secado, sin embargo el humo procedente del mismísimo volcán les indicaba que seguía despierto. Las histéricas demostraciones de su fuerza destructiva habían dado paso a una suave lluvia de ceniza que parecía imitar la nieve que provocaba su compañera cuando aún vivía, era tal vez un modo de rellenar el hueco de su ausencia o puede que un último llanto. ¿Cómo saberlo? Para ellos no era más que una declaración de guerra.

Aquella criatura era esencial para los planes de Aniki, y la capturarían aunque les costase a todos la vida. Era cuestión de tiempo que los nuevos Shuc-la resurgieran de cenizas similares a esas que ahora pisaban cual ave fénix. Y ya faltaba muy poco.

05
Un Dragon de Fuego y Nieve

El ecosistema de Tatlas era único en el mundo, y no solo porque en él convivían un volcán activo y un invierno eterno, sino porque era el primer lugar del mundo donde dos Señores del Clima habían aprendido a vivir en perfecta armonía. Luyoe tenía forma de dragón, y controlaba la lava bajo la superficie terrestre, con lo que siempre se le asignaba el rol de hombre en su simbiosis con Saida, que era capaz de controlar la nieve y cuya forma nadie había visto nunca. Eran los místicos amantes, la encarnación de la atracción de los opuestos y todas esas cosas, aunque sobre todo eran la prueba de que los Señores del Clima eran algo más aparte de una monstruosa catástrofe medioambiental obsesionada con des-truir-lo todo. Eso sí, solo para los que sabían de su existencia.

—¿Es posible? —preguntó Kirt—. Me refiero a si es realmente posible que un Señor del Clima sienta y padezca como lo hacemos nosotros.

—No lo creo —respondió la Shuc-la.

—Pero eran humanos antes de despertar —insistió el muchacho—, así que es posible que sigan…

—¡Por todos los…! ¡Sale humo de la montaña!—.

Desde que habían llegado a la zona cubierta por ceniza volcánica Rull se había ido quedando cada vez más reza-gado, y apenas hablaba, lo que en él era un claro síntoma de enfermedad.

—¿Te da miedo el fuego? —Golondrina había dado con a clave del problema, sin embargo no mostró piedad cuando añadió lo siguiente—. Deberías regresar a la torre ahora que puedes, las cosas van a ponerse feas ahí arriba —aseguró.

—No vamos a ir al volcán —anunció Kirt de pronto.

—¿Cómo? —preguntaron sus dos compañeros a la vez, aunque por diferentes motivos.

—No necesito ser un experto para saber que acercar-nos a es cosa sería un suicidio, y además, de haber estado Aniki o cualquiera de los suyos allí, y haber dejado alguna prueba de su presencia, estoy seguro de que Luyoe ya la habrá borrado.

La innegable verdad de las palabras del muchacho fue un duro golpe para la Shuc-la, pero un gran alivio para Rull. Si este antes se había quedado rezagado ahora iba el primero. Todo lo contrario a la mujer, que tardó algo más de tiempo en aceptar ese cambio de planes, y dedicó una última mirada al volcán antes de seguir a sus compañeros.

—¿A dónde vamos? —preguntó cuándo los alcanzó, cosa que no le llevó mucho tiempo.

—A Ehsrab —dijo Kirt.

—¿¡Qué!? —a Rull se le descompuso la cara.

Normalmente Golondrina habría ignorado cualquier reacción de aquel hombre pero en aquella ocasión se le quedó mirando con no disimulada curiosidad.

—Es lógico, ¿no? —continuó el muchacho—. El pueblo de Hiedra está acostumbrado a ir allí cuando el volcán entra en erupción, así que es lógico —se repitió —pensar que tras la catástrofe hayan ido a Ehsrab.

—Ciertamente —asintió la Shuc-la—, pero dudo que ellos vieran nada de lo que a nosotros nos interesa saber.

—No, pero tal vez el Quaz sí —sonrió.

Después de todo, si sabían de la muerte de Saida era porque en su momento el Dragón de Agua se lo había dicho a Hiedra. ¿Cómo no iba a saber él lo que había pasado? Él había sido quien en el pasado les reveló la identidad de los asesinos de Shinyuo, y sabría decirles si eran los mismos que habían acabado con la vida de la Señora del Clima helado.

—¡Por favor! —rogó Rull—. No creo que encontremos nada en Ehsrab.

Golondrina volvió a mirarle con curiosidad. Por primera vez desde que se conocían la mujer parecía mostrar algo de interés en él, o al menos a esa faceta suya tan diferente a las bromas y galanteos que solía usar a diario. Se comportaba como si fuese otra persona y eso, tras dos años de convivencia, despertó su interés. Aunque solo fuese para no aburrirse durante el viaje.

—Tiene razón —coincidió—. Tu teoría se basa en suposiciones que, de ser erróneas, nos harían perder el tiempo buscando a alguien que puede no existir.

Por supuesto no se refería al Quaz, sino al hecho de este estuviese realmente allí.

—Si de verdad crees eso, ¿por qué propusiste hacer este viaje?

—Kirt… —lo reprendió Rull.

—Esto no es como en Lagos —se defendió ella—. No sabemos su ubicación, ¿pretendes buscarle por todo Ehsrab? ¿Y si no está allí: continuarás buscándolo en el resto del continente? —en cierto modo era extraordinario ver tanta emoción en ella—. Esto es ridículo —comenzó a caminar de nueve hacia el volcán.

—¿Tenías que enfadarla?

—Ve con ella —le dijo de pronto el muchacho a su compañero—. Temo que se dé por vencida si no encuentra nada pronto… Yo iré en busca del tal Eltos a recabar información, y ustedes a ver si tenéis suerte y encontráis algo sobre Aniki.

Ambos sabían que aquella venganza se había convertido en la razón de vivir de la Shuc-la, y que ésta ya había sufrido demasiadas decepciones. En la torre la necesidad de una niñera para Roka junto con el odio que sentía hacia Mostaz la habían mantenido «viva» pero allí debían valerse de sus propios medios para evitar que cometiese ninguna locura.

—Por si lo necesitas —le lanzó una estatuilla del tamaño de un dedo que pendía de un lazo rojo—, aunque no sé cómo estará tras tantos años abandonada.

—¿Y esto qué es? —se refería al objeto, por supuesto, pues era la primera vez que se lo veía.

—Averígualo —le guiñó un ojo y se volvió para alcanzar a Golondrina.

—No voy a darme por vencida —le dijo cuándo Rull estuvo a su misma altura.

—¿Nos has oído? —preguntó muy sorprendido y cohibido.

—Es difícil no hacerlo con este silencio.

Rull miró a su desolado alrededor. Todo se veía blanco, como cubierto por una espesa capa de nieve… pero no era tal. Aquel desolado páramo era de roca y ceniza, con una aterradora montaña de fuego en el horizonte.

—Supongo que tienes razón —suspiró.

Descubiertas sus cartas poco más podía hacer además de seguirla en silencio pues, con la perspectiva de una muer-te por combustión nada más llegaran a la montaña, lo último que le apetecía era chincharla. Tal vez fuera por ello que le sorprendió tanto que Golondrina iniciara una conversación con él.

—Eso que le has dado a Kirt… era un sello familiar, ¿no?

—¿Eh? S… sí, sí —tardó unos segundos en reaccionar—. Es la llave de Villarosada, por llamarlo de algún modo. Cuando decidí marcharme de Ehsrab vendí todas las propiedades de mi familia… menos esa.

—¿Por qué?

—Pues… Bueno… Como tantos otros, el matrimonio de mis padres había sido concertado para aumentar la fortuna familiar, y me tuvieron a mí porque necesitaban un heredero, pero nunca se soportaron entre ellos, ni me so-portaron a mí —sonrió con triste-za—. Cuando cumplí siete años decidieron que ya habían tenido sufí-ciente y me enviaron a vivir con mis tíos en Villarosada —suspiró al recordar todo el tiempo que pasó esperando a que su familia volviera a por él hasta finalmente convencerse de que eso no pasa-ría—. Según mis padres, era para que mis tíos pudieran experimentar lo que era tener un hijo, algo que nunca pudieron tener por su cuenta —recordó—. Mi tío pertenecía a una familia humilde, y a mi tía la desheredaron en el momento en que hizo pública su decisión de casarse con él, así que cuanto tenían era el fruto de muchos años trabajando, y cuando me lo dejaron a mí… No podía venderlo —

dijo finalmente, como si su historia hubiese respondido a la pregunta de la Shuc-la.

—Habría bastado con que me dijeras que era importante para ti, no tenías que contarme toda tu historia.

Aquella mujer era imposible. No importaba lo que intentase con ella, todo era en vano.

—No es toda la historia, pero es una parte importante de ella —dijo, tratando de levantar su pisoteado ánimo—. Tal vez algún día pueda enseñarte Villarosada.

—¿A mí? —pareció sorprenderse por el comentario de él, y esto le hizo sonreír.

—¿Quién sabe? Puede que un día hasta logre convencerte para que te conviertas en la señora del lugar —rió.

Tarde, se dio cuenta de que acababa de hacer poco menos que una proposición de matrimonio. Pero es que su boca hablaba a veces más rápido de lo que su mente era capaz de pensar.

—¿Hablas en serio?

Aquella incredulidad lo ofendió. La verdad era que no sabía por qué había dicho aquello, aunque dada la respuesta de ella no pudo menos que defender lo dicho.

—Siempre he hablado en serio —aseguró—, al menos a ti llevo dos años hablándote en serio —añadió.

La cara de Golondrina era digna de ser retratada y, pese a que a él le molestaba un poco que la mujer siempre hubiese estado ignorando sus atenciones, el hecho de que ahora hubiese conseguido llegar hasta ella era suficiente para hacerle feliz. Y para colmo la Shuc-la no lo miraba con aquella mueca de asco y desprecio que tantas veces le había dedicado, no, había sorpresa en su rostro, y también algo más. Una especie de respuesta empezó a formularse en los labios de la fémina, algo que a Rull lo tenía hipnotizado y aterrado, y por lo que no le hubiese importado seguir aguardando allí hasta escucharlo… pero el volcán tenía otros planes, y en ese momento estalló.

—Vamos —dijo Golondrina, que había recuperado su expresión y tono habituales.

¡Maldita montaña de fuego! Unos minutos más y habría… Bueno, tal vez fuese mejor así. Tratándose de aquella mujer su respuesta podía no gustarle, es más, estaba seguro de que no iba a gustarle… no de momento al menos. Ahora sabía que con ella de nada servían las bromas e insinuaciones, tenía que ser directo y seguir intentándolo.

Al final iba a tener que darle las gracias al volcán… Ese pico en la lejanía cuya punta brillaba con el dorado del Sol mientras ríos de rojo sangre, naranja butano e jiménso amarillo descendían por sus laderas. En el cielo los grandes vapores negros chocaban unos con otros creando azulados rayos que rompían la roca allá donde caían para dejar salir la lava.

—Infierno… allá voy —se burló, citando el comentario que él mismo le hizo a Golondrina antes de descender por la escalera de la torre.

La mujer volvió la vista atrás una sola vez para comprobar que la seguía, y cuando vio que era así ajustó su ritmo al de él. ¿Por qué? Imposible de saber, aunque a Rull no lo abandonaba la esperanza de haber dejado de ser invisible para ella, lo que supondría un enorme paso en su relación.

—Date prisa —pese a sus palabras en ningún momento lo adelantó o forzó a correr más.

La montaña cada vez estaba más cerca, y el calor empezaba a ser insoportablemente asfixiante. Se detuvo un momento a recobrar el aliento, pues la simple idea de una muerte por fuego era ya razón suficiente para robarle sus pocas fuerzas, y no pudo evitar mirar hacia el volcán.

Golondrina también se había detenido, y a su lado, de modo que era de suponer que estaba viendo lo mismo que él. Y es que en lo más alto de aquella montaña no eran llamas lo que brillaban como la luz del Sol sino las escamas de un dragón.

—¡Venga ya! —exclamó en susurros pues pese a la distancia a la que estaban temía llamar demasiado la atención de la bestia—. Dime que esto es una broma —miró a la mujer.

—Cuando te sugerí que no vinieras no fue por esto. Creí que Luyoe se habría dormido ya —confesó.

¡Pero qué simple era! Unas pocas palabras de ella bastaban para calmarlo, e incluso para arrancarle una sonrisa cuando en realidad estaba muerto de nieve… ¿Nieve?

—¿Está… nevando? —lo preguntó en voz alta porque él mismo no se lo creía—. Tenía entendido que este Señor del Clima controlaba el fuego.

—Controla el magma —lo corrigió ella mientras se acercaba un copo de nieve a la cara para olerlo y comprobar si era realmente agua.

—¡Ni se te ocurra meterte eso en la boca! —prefirió arriesgarse a enfadarla y darle un manotazo antes de permitir que a ella se le ocurriera probar aquello.

—Con este calor debería haberse fundido ya, pero está fría —dijo la mujer tras esquivar el golpe de su compañero y soltar el copo para que este siguiera su curso hasta el suelo.

Cierto. Con aquella temperatura tan alta el agua habría llegado a ellos en forma de lluvia, si es que llegaba, pues el propio Rull tenía que cambiar constantemente su punto de apoyo para no quemarse ambos pies. Por no mencionar que las gotas de sudor que caían al suelo se evaporaban a los pocos segundos de rozar a este, pero aquella cosa blanca no se derretía.

—¿Ceniza?

—Está fría —repitió ella.

En esta ocasión fue él el que cogió uno de los copos al vuelo y sin pensárselo dos veces se lo introdujo en la boca. Sabía a hollín, pero se derritió.

—Es agua —aseguró.

—¿Por qué has hecho eso?

¡Por todos los…! La miró incrédulo. ¿Acaso era posible tras esos dos años que no se hubiese dado cuenta de absolutamente nada?

—Para que no lo hicieras tú.

Ella puso una de esas caras suyas que hablaban sin necesidad de voz. *«Tonterías»* era lo que estaba escrito en su rostro, y hasta cierto punto él también estaba de acuerdo, ya que de ser aquello veneno era mucho más probable que a ella no le hiciese nada mientras que a él lo matase. Pero le daba igual. Se había propuesto ser directo y protegerla, y eso era lo que haría.

—Vayamos a ver qué está pasando —propuso ella, en parte para cambiar de tema, y en parte porque era lo que habían ido a hacer allí.

06

ASALTO A LA TORRE

odo cuanto había visto en el continente le hacía dudar de que alguna vez su isla hubiese formado parte de aquella enorme extensión de tierra. Los bosques eran distintos, el suelo bajo sus pies era distinto, y el cielo…

—Céntrate Vernam.

Aquel toque de atención de su compañero bastó para abstraer su mente de todas aquellas distracciones y centrarla en una única cosa.

—Estoy seguro de que está en esa torre.

Los ojos de los Odbas siempre eran claros, y cuanto más pura fuera la sangre del sujeto más blanquecino parecía el iris. Nadie con los ojos oscuros podía ser considerado Odba, y es que era una prueba de lo que podían ver.

—¿Hay alguien más con él? —nada más decirlo se retractó—. ¿Tal vez es un «ella»?

Centrada, su visión era capaz de atravesar muros y personas, pero su uso prolongado lo debilitaba y lo volvía vulnerable a ataques exteriores, y por ello eran dos Odbas y no uno los encargados de aquella misión.

—Es un *«él»* —aseguró—. Veo tres mujeres, una adulta y dos niñas, y… ¡Nos han visto!

Su compañero, el mulato, lo empujó justo a tiempo para evitarle ser atravesado por un proyectil lanzado desde la mismísima torre.

—¿Cómo es posible? —quiso saber su salvador.

Se ocultaron en la maleza, aunque de poco les sirvió. Su enemigo parecía verles allá a donde iban y, cuando no era así, activaba alguna de las múltiples trampas ocultas en el bosque, con lo que era imposible ocultarse de su vista indefinidamente.

—Hay un Shuc-la en la torre con ellos —informó el pura raza.

¿Cómo era que podía activar las trampas a distancia?

—¿No se habían extinguido?

¿Pero es que ese zopenco no se enteraba de nada? Vernam no era experto en ninguna materia en concreto, sin embargo se había informado un poco sobre la situación del mundo antes de salir de la burbuja en la que su pueblo vivía.

—Siresli cayó, pero aún quedan unos cuantos Shuc-las.

—¡Y nos ha tenido que tocar a nosotros uno! —exclamó el mestizo antes de esquivar la última de las flechas lanzadas desde la torre—. ¿Cómo acabamos con él?

Llevaba un rato pensando en ello, pero con tanto movimiento de un lado para otro evitando trampas y esquivando todo lo que les lanzaban no era capaz de centrar su visión en nada.

—Tenemos que ponernos a cubierto, no puedo con-centrarme con tanto ajetreo.

—Déjame eso a mí —y antes de que Vernam pudiera añadir nada más, su compañero se puso delante de él e hizo de escudo humano, bueno, todo lo humano que era, para que él pudiera concentrarse.

¿Qué más podía esperarse de una marioneta del Consejo? Era tan bruto que… En aquel momento se perca-tó de que la torre solo tenía una ventana. No, si al final iba a tener que agradecerle a aquel bárbaro por protegerle en vez de pararse a pensar primero.

—La torre solo tiene una ventana, si rodeamos el edificio podremos acercarnos por detrás con lo que…

—El Shuc-la no podrá lanzarnos nada —completó la frase su compañero.

A él, sin embargo, la idea no le entusiasmaba tanto. Si bien es cierto que así podrían acercarse, el Shuc-la seguiría teniendo la posición más ventajosa al estar en lo alto de aquella cosa. Bueno, con algo de suerte se les ocurriría algún plan mientras se acercaban a la puerta.

—Solo hay una escalera de caracol para llegar hasta donde están ellos —informó, omitiendo la parte en la que decía que sus objetivos acababan de cortar las cuerdas del único ascensor del edificio.

—¿Prefieres la escalera o el muro? —le preguntó el mulato.

—¿De qué estás hablando?

—Nos dispararán con todo lo que tengan si vamos juntos. Nuestra única posibilidad es que uno de los dos haga de distracción.

Por algún motivo tenía la sensación de que aquel plan no iba a gustarle nada.

—Explícate mejor.

—Uno tratará de acceder por la escalera mientras el otro trepa por el muro desde fuera. No podrán defender dos frentes eternamente.

¡Anda! Y él que pensaba que la cabeza sobre los hombros de su compañero era de adorno. Aun así, el plan no le gustaba nada.

—Es un buen plan, pero yo no sé trepar.

Su compañero sonrió con malicia, mostrando así una blanca y perfecta dentadura que a Vernam ponía enfermo, pues los Odba pura sangre como él… Digamos simplemente que tenía unos dientes un tanto… diferentes. No, esa no era la palabra: los dientes no tenían nada distinto a los de un humano corriente. Salvo su color, claro. Los dientes de los Odbas eran negros.

—Pues te tocan las escaleras —dijo el mestizo antes de irse.

¡Maldito bruto! ¿Y ahora qué iba a hacer; escalar usando las uñas a modo de garras? Prefirió no comprobarlo con su visión. Conociéndole era casi seguro que haría algo así.

En el momento en que pusiera un solo pie dentro de aquella torre empezarían a lanzarle de todo. Su única posibilidad de salir vivo de allí y lograr su objetivo era avanzar lo más pegado posible a la pared, y correr con todas sus fuerzas durante el último tramo de escaleras… ¡Qué demonios! Era un solo Shuc-la a lo que se estaban enfrentando, junto a una mujer enfurecida, pero ellos eran dos Odbas… Bueno, uno y medio, pero su compañero mulato casi contaba por uno entero.

Empezó a subir los peldaños, totalmente pegado al muro, mientras trataba de auto-convencerse de cosas que realmente no pensaba, como por ejemplo que la desconocida no atinaría a darle. No entendía por qué le habían escogido a él para aquella misión. A él, que despreciaba al Consejo y a la gran mentira en la que estaba viviendo su pueblo. A él, que trataba de hacer ver a su gente que continuar con aquel estilo de vida solo les llevaría a terminar como Siresli, o puede que mucho peor. A él, que no había luchado en toda su vida.

La mujer le lanzó desde lo alto una silla que no le dio por poco. Sus oponentes ya se habían quedado sin armas y él pronto llegaría al tramo en el que tendría que correr. No puedo evitar pensar que si ese plan suicida no acababa con su vida, lo haría su compañero, pues no se le ocurría ninguna otra razón por la que el Consejo lo quisiera allí, buscando al único descendiente vivo del príncipe Tsunde, si no era para acabar con Vernam y lo que representaba. Tal vez creyeron que nunca encontrarían al infante, o puede que el mulato solo estuviese esperando el momento en que su compañero dejase de ser útil para matarlo.

Su mirada le advirtió de un peligro inminente.

—¡Por todos los…! —aquella mujer estaba loca. ¡Iba a lanzarle una cama!

Se cubrió la cabeza con los brazos, y se agachó sobre la escalera todo lo que pudo, esperando el inevitable golpe con los ojos fuertemente cerrados. ¿Por qué no dolía? Se enderezó un poco y con cuidado, no fuese a ser que el mueble se hubiese quedado atascado antes de llegar hasta él, pero en cuanto se percató de que el golpe no había sonado la curiosidad le pudo y abrió los ojos por completo. Hasta cierto punto su primera impresión había sido correcta: el lecho se había quedado atascado.

Echó a correr. Desde el principio la cama no había sido movida para lanzársela a él, sino para bloquearle la entrada: se estaban sitiando a sí mismos. Semejante acción solo tenía sentido si esperaban refuerzos, y si ese era el caso no podían demorar aquella incursión por más tiempo.

No le gustaba usar tanto tiempo seguido su especial visión, pero no hacerlo podría suponerle un mal golpe cuando intentara acceder al piso superior, así que dirigió la vista al hueco de la escalera, ahora medio cubierto por el lecho. La mujer, cuchillo en mano, se había colocado de manera que pudiera cortarle nada más le viera asomarse por la única zona que la cama no cubría. En cuanto al Shuc-la, seguía ocupado tratando de evitar el ascenso del mulato desde la ventana.

Suspiró. Vernam odiaba utilizar la violencia, y más contra una mujer, sin embargo, sospechaba que su compa-ñero sería mucho más bruto que él si le daban la oportunidad. Así que no se detuvo.

Crear ilusiones formaba parte de su repertorio como Odba, así que hizo creer a su oponente que asomaba la cabeza por el hueco para que este lo atacara. Tenía que ser rápido para no alertar al Shuc-la antes de tiempo, de modo que, cuando la mujer perdió el equilibrio tras abalanzarse contra la ilusión, la agarró con fuerza y tiró de ella hasta que escuchó el coscorrón que su enemiga se dio contra el mueble. Por cómo sonó debió de dolerle, aunque él lo había calculado con cuidado para minimizar daños.

Aprovechó la confusión para acceder a la estancia y sujetó a la mujer con firmeza mientras ponía el cuchillo que le había arrebatado sobre su cuello y advertía al Shuc-la de lo que pasaría si no se rendía. O ese había sido su plan, por-que para cuando miró hacia la ventana su compañero ya había conseguido acceder a través de ella, y estaba dando una paliza monumental a su contrincante, que resultó no ser más que un muchacho.

—¡Basta ya! —no fue él el único que gritó, también lo hizo la mujer, que enmudeció al escucharle a él.

—Ha intentado matarnos —se justificó el mestizo.

¡Menudo animal!

—Y no lo ha conseguido —le recordó—. Acabemos lo que hemos venido a hacer aquí y marchémonos.

Notó algo parecido a una lágrima resbalar por su mejilla y supo que había alcanzado su límite. Si no se daba prisa resolviendo aquella situación desfallecería sin remedio y estaría a merced de su compañero, pues la gotita que había notado no era de agua.

—Te sangran los ojos.

No pudo evitar sonreír ante la expresión de horror del mulato, lo que le vino muy bien para aparentar encontrarse mejor de lo que realmente estaba.

—El crío está en la habitación de al lado, escondido dentro de un baúl —y tras decir aquello dejó descansar su visión.

—¡¡No!!

La mujer trató de liberarse y el Shuc-la de levantarse, pero una mejor sujeción por parte de Vernam y una patada del mestizo en el estómago de su contrincante bastaron para detener a la primera e inducir la inconsciencia del segundo.

—No vamos a hacerle daño —aseguró, pues a juzgar por su reacción aquella mujer debía de ser la madre del pequeño que estaban buscando.

—Por favor no te lo lleves —le rogó ella.

En aquel momento regresó su compañero con el niño de dos años en alto y agarrado por la ropa desde detrás como si de un gatito se tratara. Con semejante bruto a su cuidado el chiquillo jamás llegaría a Ilseris, la ciudad natal de los Odbas.

—Dale el niño a su madre —dijo antes de soltarla.

—¿¡Qué!?

Era normal que se sorprendiera, él mismo no podía creerse lo que estaba a punto de hacer, y hasta la mujer lo miró extrañada y dubitativa, e incapaz de moverse por miedo a lo que pudieran hacer a continuación.

—Nos llevaremos a los dos —dijo—. Yo no sé nada de niños —y por lo que veía su compañero tampoco—, y estoy seguro de que esta amable mujer no nos dará problemas, ¿verdad? —no era una amenaza, a decir verdad no tenía nada contra la fémina.

Ella, que se había estado sujetando el brazo con el que Vernam la había tenido inmovilizada, lo miró sin creerse aquello. Pero no era tonta, sus opciones eran limitadas y solo había una que le permitiera estar junto a su hijo.

—No os daré problemas —prometió antes de marcharse con ellos.

—¿Y el Shuc-la? —el mestizo parecía tener ganas de seguir torturando a alguien; por fortuna era el pura sangre el que lideraba aquel equipo, al menos de momento.

—Ya tenemos lo que buscábamos.

07
AL ROJO VIVO

No fue difícil averiguar que había llegado a su destino, y eso que no había ningún anuncio mar-cando el comienzo de las tierras de Ehsrab, pero con tantísimos heridos tirados por las calles fue bastante evidente.

El pueblo apestaba a muerte, y no era un decir. El tufo a carne chamuscada y putrefacta a causa de las heridas infectadas hacía que la miseria de aquellas pobres gentes fuese imposible de ignorar. De los afectados, los afortunados eran los que más sufrían, pues aquellos con quemaduras blanquecinas no volverían a recuperar la sensibilidad de sus miembros, si es que aún los tenían. Muchos habían perdido la visión debido a las altas temperaturas, y absolutamente todos había perdido a al menos un miembro de su familia.

La ciudad, cuya belleza se veía ensombrecida por sus recientes huéspedes, no podía atender tanta miseria. Cada noche pasaba un carro para retirar de las calles los cuerpos de aquellos que iban falleciendo, pero no era suficiente. No es que las gentes de Ehsrab no estuviesen dispuestos a ayudarles, es que no daban abasto.

En dos años… No, en toda su vida jamás había presenciado escenario semejante. Ninguna de las veces en las que habían detenido a un Señor del Clima se habían quedado tiempo suficiente para ver las consecuencias de la catástrofe; las verdaderas consecuencias. Y toda aquella gente… Uno podía pensar que era de esperar viviendo donde vivían, pero es que el volcán de Tatlas siempre se había comportado de manera cíclica y regular. No como aquella vez, que había cogido desprevenido hasta a los más preparados para un posible desastre.

—¿Estás bien, muchacho? Ven, siéntate.

Se trataba de un hombre de raza negra, algo verdaderamente asombroso dado el racismo que imperaba en aquella ciudad, y es que hasta Kirt se sentía rechazado sin haber hablado todavía con nadie. Claro que con las gentes del volcán la cosa era distinta: eran blancos y solían traer diamantes de la montaña. A esos visitantes malheridos había que cuidarlos. Visto de cerca era un hombre extraño, de ropas extrañas, a buen seguro un comerciante de esos que viajaban de ciudad en ciudad poniendo una lona en el suelo sobre la que vender sus exóticos productos. Pero independientemente de su condición o pigmentación, aquel hombre tuvo la amabilidad de ofrecerle un vaso de agua y una esquina en la que sentarse hasta que se le pasara el mareo.

—Gracias.

Bien visto, los objetos de aquel vendedor eran de todo menos exóticos: más bien parecían chatarra. Le llamó la atención uno en particular, una cantimplora que…

—Veo que ya has visto a mi pequeña mina de oro —comentó el hombre con orgullo mientras cogía el sellado recipiente—. Lo encontré dentro de la alforja de un camello extraviado. Increíble, ¿no? La criaturilla debió de escapársele a algún sureño despistado y falleció sin remedio a mis pies —al ver la cara de Kirt cambió de tema—. Bueno… el caso es que me encontré esta cantimplora que, por su peso, debía de estar llena, y debe de seguirlo estando porque nadie ha sido capaz de abrirla, ni siquiera yo, y eso que soy su dueño —rio—. Tendrías que haber visto la cola de gente dispuesta a pagar por intentar abrir este chisme… —suspiró—. Pero eso es cosa del pasado —la tiró de nuevo, y sin ningún cuidado, con los demás objetos.

Era poco probable que… no, era imposible que aquella cantimplora fuera… Sin embargo, si lo era, entonces su contenido…

—¿Cuánto?

—¿Cómo dices?

¿Cuántos camellos perdidos habría tan al interior del continente? Cierto era que el hombre no le había dicho donde la encontró, pero en su opinión valía la pena arriesgarse. Tal vez ya se había vuelto loco del todo.

—Antes me hizo un favor, deje que se lo devuelva comprándole esa cantimplora que ya no le sirve.

—¿Te crees que soy tonto, muchacho? Nadie da una sola moneda por algo que no vale nada, y por supuesto menos aún para dar las gracias. ¿Qué clase de negocio has visto en este chisme?

Aquello era lo que más odiaba de los comerciantes, de hecho, había dejado de acompañar a Golondrina y Pantera al mercado con tal de no tener que tratar con esa gente.

—Pensaba en devolverle el favor —se incorporó con la intención de proseguir su búsqueda—. Gracias por el agua, que tenga un buen…

—¡Alto ahí! Está bien, te la vendo —cedió el hombre.

Con tanto refugiado de Tatlas las ventas no iban bien, y ya pocos mercaderes extranjeros, y menos de color, quedaban a parte de los que se dedicaban al mundo de los remedios o similar. No era momento de ser quisquilloso con los clientes.

Por cómo pesaba aquella cantimplora, debía de ser cierto lo que dijo el comerciante, es decir, que estaba llena, aunque le fue imposible comprobarlo porque no pudo abrirla. Bueno, la guardó a expensas de que a Golondrina se le ocurriera algo en el futuro.

—¿Eltos?

Se volvió. Al principio por si tenía la suerte de encontrarse de frente con ese Quaz que había imitado su apariencia, aunque luego se lo pensó dos veces y supo que era muy improbable que el impostor se estuviese refiriendo a él con su nombre. De hecho con quien se encontró fue con un grupo de personas que lo miraban entre sorprendidos y asustados.

—¿Conoces a Eltos?

—¿Quieres decir que no eres él? —preguntó un hombre cuyas quemaduras ya estaban sanadas, en su mayor parte al menos.

Kirt ya había hecho planes por si se daba una situación similar a aquella. Había tenido tiempo durante el camino.

—Soy su hermano —y, por supuesto, nadie puso en duda su palabra dado su gran parecido con el aludido.

La heroicidad de Eltos salvando las vidas de los ciudadanos de Tatlas le había costado serias quemaduras, pero también le había asegurado un trato preferente en una de las camas de la casa del médico. Y, ciertamente, aquella cosa tenía más pinta de momia que de persona.

Las perspectivas del doctor no eran demasiado optimistas. A lo máximo que aspiraba era a poderle dar a su paciente una muerte rápida e indolora, algo a lo que el resto se había opuesto y a lo que esperaba que el recién llegado pariente diera su aprobación.

—No puede comer nada y, francamente, no sé cuánto tiempo seguirá subsistiendo en este estado. Sería mucho mejor para él…

—¿Tendría un poco de agua? Ha sido un viaje muy largo —dijo aquello para deshacerse del hombre un rato.

—Por supuesto.

Casi se derrumba cuando por fin lo dejaron solo. En aquel estado Eltos no le servía de nada, pero era el único que podía saber algo sobre lo que de verdad había pasado en Tatlas. ¡Menudo problema!

—Gracias, doctor —cogió el vaso de agua sin ocultar su desánimo y dejando que cada cual lo interpretase como más le conviniese—. Quisiera meditar sobre lo que me ha dicho: no puedo ver a mi hermano así, pero lo que pro-pone… debo pensarlo —en aquellos momentos era cuando agradecía el haber estado viajando con Rull y sus dotes de actor.

—Les dejaré un momento a solas.

Era casi triste lo fácil que resultaba manipular a aquel hombre. Se sentía culpable.

En fin, debía centrarse. ¿Qué sabía del tal Eltos? Que era un Quaz, bien. ¿Qué le había dicho Golondrina sobre ellos? ¿Qué sabía sobre ellos? ¡No podía creerse que estuviese buscando el modo de sanar a aquella criatura!

—Piensa, Kirt, piensa…

Los Quaz no podían vivir demasiado tiempo fuera del agua, pero aquel lo había conseguido gracias a unas pocas gotas de sangre del muchacho. ¿Qué más? ¡Mierda! No era capaz de pensar en nada que no fuera la forma serpenteada de aquel ser cuando estaba en el…

Agua. Miró el vaso que aún tenía en la mano, ¿qué perdía intentándolo?

Vertió el contenido del recipiente sobre el cuerpo ven-dado del moribundo sin contemplaciones. Y sería mentira decir que no se sorprendió al verle mover levemente los brazos. La cuestión era averiguar por qué lo había hecho, y para ello debía quitarle el vendaje al moribundo.

Tenía sentimientos contradictorios acerca de lo que estaba a punto de hacer, pero aquella persona, cosa, o lo que fuera se estaba muriendo según el médico. Así que, bueno… lo cierto era que Kirt no tenía estómago para aquello. ¿Para qué tratar de engañarse? Que estuviese bien o mal lo que hacía no lo convertiría en una tarea más fácil de realizar.

Las vendas estaban pegadas a la piel, y al quitarlas parte de estas se venía con ellas dejando tras de sí un escenario blanco y carmesí con irregulares manchas negras y… verdes. El muchacho esperaba que estas últimas fueran restos de crema. El olor era el de la carne quemada y… algo ácido, como un limón pero ya agrio, seguramente debido a los medicamentos. También olía a sangre y… ¡Por todos los…! Un trozo de carne se había desprendido con el último trozo de tela que había quitado y parte del hueso había quedado al descubierto. Si ya era desagradable ver la mano sin dedos, aquello era… Aquello tendría que ser suficiente para su experimento, pues de lo contrario su estómago amenazaba con protagonizar un espectáculo para nada agradable.

Desde el mismo instante en que se le ocurrió aquella locura descartó la idea de pedir más agua, de modo que la del jarrón de las flores debería bastar para su pequeña prueba. Después de todo nadie comprendería lo que trataba de hacer, y mucho menos se lo permitiría. ¿Y si funcionaba el experimento? Entonces sí que tendría que encontrar el modo de llevar al Quaz al agua, y eso significaba…

A ver, lo primero era centrarse en lo que estaba a punto de hacer, y eso era la prueba. Ya más tarde se preocuparía de su siguiente acción.

Ojalá funcionara el experimento. Bien, agua a la de una, agua a la de dos…

08
SANGRE, SUDOR Y FUEGO

¿Existe algo más hermoso que el azul de un cielo otoñal salpicado de blancas y esponjosas nubes tras un largo día de tormenta? Fue una pregunta que una vez le hizo Röu, mucho antes de que empezaran a llamarse a sí mismos Cazado-res de Tormentas, antes incluso de que su señor empezase a odiar las nubes, mucho antes de que pasara lo que pasó… No tenía sentido recordar aquello en la situación actual, en la que el humo negro era tan denso que cubría todo el cielo y ensombrecía al mismísimo Sol. La verdad era que no habría tenido sentido recordarlo ni aunque el cielo fuese el descrito por Röu y, sin embargo, tanta oscuridad le hacía recordar la luz.

—Esto no tiene ningún sentido —se quejó Rull por enésima vez.

Por un momento casi había olvidado que viajaba junto a aquel quejica.

—Baja la voz.

—¿Soy el único que piensa que es ridículo, por no decir imposible, que estemos siguiendo un camino de nieve con el calor que hace aquí arriba? —siguió hablando aunque en un tono mucho más bajo.

Que la cercanía del volcán lo pusiese nervioso era una cosa, pero aquello era del todo insoportable. Y no es que considerara a Rull un ser especialmente soportable, aunque sí útil, algo más maduro y un poco más listo.

—Es evidente que esto es obra de Saida.

—¿No controlaba el magma?

¿Es que no prestaba atención a lo que se le decía?

—Ese es Luyoe.

—¿Entonces, este rastro, lo ha dejado un Señor del Clima muerto?

Se detuvo en seco. El estúpido humano tenía razón: Saida llevaba días muerta según sus informantes, ella no había podido dejar ese rastro. ¿O sí? ¿Acaso existía alguien más, aparte de ella, capaz de crear una nieve tan poderosa como para que el fuego de Luyoe no la destruyera? Siguió caminando.

—Hay cosas que carecen de sentido y son ciertas igualmente —y, para evitar que Rull insistiera en un tema que le era desconocido, dirigió la conversación hacia otro lado—. Como que tú sigas con nosotros, por ejemplo.

—Eso ha sido un golpe bajo.

Y debió molestarle en lo más profundo pues, durante un rato, Golondrina logró su objetivo, que era hacerle callar.

Hubo un tiempo en que odió a Rull. Su forma de ser y, sobre todo, el hecho de que la apartara de Röu cuando a su entender debió morir con este habían sido factores determinantes en la opinión que le merecía. De hecho, aún no estaba segura de haberle perdonado eso último. Ya no le odiaba tanto pero… Él jamás tuvo una relación tan estrecha con Röu como para querer venganza, ni había querido nunca ser uno de ellos. Hasta la presencia del enclenque de Mostaz tenía más sentido en un grupo como el suyo que la de ese humano al que le gustaba tanto flirtear. Algo que, al parecer, ya solo hacía con ella y por razones nobles además.

No podía decir que su confesión no la hubiese sorprendido. Era imposible no sorprenderse: le había hecho una propuesta de matrimonio casi formal. Y sin embargo… Para Golondrina, cuya vida era mucho más larga que la del resto, dos años eran… nada. La muerte de Röu aún era muy reciente para ella, aún lo llevaba en sus pensamientos, aun protagonizaba sus sueños…

No podía aceptar así como así al primero que… ¡Un momento! ¿De verdad se estaba tomando aquella proposición en serio? ¿Algo salido de la boca de Rull? ¿Ella? ¿Qué habría dicho Röu? ¡Ah… sí! Se hubiese reído mientras decía que lo había cogido por sorpresa o, todo lo contrario, que en el fondo sabía que pasaría. Él siempre había sido así: contradictorio.

Ahora que el humano se había callado, llegó hasta ellos un extraño sonido. La Shuc-la tenía sus sentidos centrados en el volcán y en el suelo que pisaban, de modo que necesitó unos segundos para redirigirla hacia lo que quiera que estuviese produciendo… ¡Eran ellos! ¡Los había encontrado!

—Golondrina, espera.

No sabía cómo pero, de alguna forma, Rull había deducido lo que pensaba hacer a continuación. Desgraciadamente, si hacía lo que le pedía, puede que jamás lograse vengar a su señor.

—Lo siento, Rull, no puedo esperarte.

El rostro de él se ensombreció y la mano que le había tendido para detenerla se relajó hasta volver a su posición inicial, o eso creyó ella, ya que no se quedó el tiempo suficiente para ver el proceso por completo.

De repente, esos dos años que antes le habían parecido tan poco tiempo se le antojaron eternos. ¿Cómo era posible, con semejante presencia, que hubiese tardado tanto en encontrarlos?

Las prisas la llevaron a resbalarse con la nieve del camino y, finalmente, a caer sobre sus manos. Pero fue algo que le vino bien, pues detuvo sus entusiasmados pensamientos y la llevó a darse cuenta de que se estaba lanzando contra el enemigo sin ningún plan en mente. No llevaba armas consigo. ¿Por qué? Siempre había ido armada, aunque fuese con una mísera daga, pero hacía tanto tiempo que no las necesitaba que… No, aquello no era excusa.

Un rugido rompió el silencio de la montaña: era Luyoe. ¡Maldición! Si ese Señor del Clima hacía acto de presencia todo sería en vano. Miró hacia su espalda en busca de Rull, pero afortunadamente este se había quedado tan rezagado que no logró verle. Era mucho mejor así. La temperatura ya era demasiado alta para un ser humano, si además aparecía Luyoe... Golondrina no podría protegerse a sí misma ni a Rull si debía hacer frente a tan poderoso rival, ni tampoco vengar a su señor.

Centró toda su atención en los Shuc-las. No podía verlos, por desgracia acercarse más era sinónimo de entregarse sin luchar: la verían y se abalanzarían sobre ella sin remedio, dejándola sin ninguna oportunidad de enfrentarlos. Debía asegurarse de que sus enemigos estuviesen demasiado ocupados como para prestarle la atención que merecía y, llegado el momento oportuno, acabar con ellos uno a uno.

Tal y como había supuesto, aquellos bastardos pretendían encerrar el poder de Luyoe en un prisma. El por qué era algo que se le escapaba, y la verdad era que tampoco le importaba lo más mínimo. Su único interés para con la misión de esos malnacidos era el grado de distracción que suponía el Señor del Clima para ellos. Cuanto más fuerte fuera su rival, menos cuidado tendrían con que nadie se les pudiese acercar.

—No voy... no voy a dejar... que vayas tú sola.

Tan concentrada estaba en Luyoe y el grupo de rene-gados que su propia estrategia sirvió para vencer su estática expresión, y es que la aparición de Rull la sorprendió enormemente. Habría sido mucho más sensato que permaneciera rezagado, o incluso que volviera sobre sus pasos allá donde no corriera peligro. Pero no, el humano la había alcanzado.

—Márchate.

Su cara, sus manos… Toda su piel estaba roja debido a las altas temperaturas, y resultaba evidente que la escalada lo había dejado sin aliento. Su cabello rubio, mojado y apelmazado contra la cabeza a causa del sudor, parecía cas-taño. Hasta sus ojos parecían haberse oscurecido.

—No importa lo… fría o cruel que te muestres… No voy a dejar que vayas tú sola —repitió entre bocanadas de aire.

¡Menudo cabezota más estúpido! ¿Qué podía aportar él a la lucha que estaba a punto de acontecerse? ¡Nada! Solo estorbaría.

—No puedo protegerte y luchar al mismo tiempo.

—No me protejas entonces.

La respuesta, rápida y directa de él, la sorprendió. Pero no por lo que había dicho o por su casi hipnótica expresión al decirlo, sino por su propia reacción, ya que el corazón empezó a latirle más rápido. Absurdo: se trataba de Rull al fin y al cabo.

—Procura no estorbar.

Lo puso en situación, después de todo estaban demasiado lejos como para que el ojo humano captara al grupo de Shuc-las, aunque no tanto como para no ver al Señor del Clima.

—¿Es ese punto brillante?

Ella asintió.

—Luyoe luce como un dragón de magma en su estado activo. No necesita tocarte para matarte: su mera proximidad…

—Ya me hago una idea de cómo van las cosas— la interrumpió—. No hace falta que sigas —insistió— ¡Qué calor!

Por algún motivo, Golondrina empezó a sentir curiosidad por el origen de esa fobia al fuego que su… que Rull tenía. Sin embargo, preguntarle en ese momento sería de lo más desacertado. Además, seguro que estaba relacionado con algún incendio en esas tierras de las que le había hablado. Era lo más probable, y no era el momento de otro largo monólogo como el de la última vez.

—Necesitarás un arma. Mantente detrás de mí hasta que te consiga… —empezó a decir aquello, suponiendo que él iría desarmado como ella, pero el humano volvió a sorprenderla al sacar un cuchillo de su maleta, y no era precisamente uno para untar mantequilla—. Muy bien —lo felicitó, aunque su tono fue más de aprobación que de júbilo.

—¿Cuál es el plan?

Querría haber esperado a que Luyoe acabara con alguno de los renegados, pero el Señor del Clima actuaba de forma muy… pasiva. No podía contar con él.

—Cargar contra ellos. Necesitaremos a uno con vida para que nos diga la situación de Aniki —añadió.

—Pero ese plan…

Sí, era una locura. Pero no estaba dispuesta a volver a perderles la pista. Así que no dejo a Rull terminar la frase y salió corriendo hacia sus enemigos.

La última vez que se enfrentó a otro Shuc-la fue hace dos años. Por aquel entonces su estilo de vida la había llevado a descuidar bastante su faceta más guerrera. Problema que había logrado corregir con entrenamientos diarios.

La vieron llegar, evidentemente, pero para cuando su primer rival se propuso enfrentarla, Golondrina ya lo había derribado. Uno menos, faltaban… Se apartó justo a tiempo de evitar un vómito de lava de Luyoe que calcinó a otro Shuc-la. Bien, ya solo quedaban cinco, dos de los cuales estaban manipulando el cristal en el que planeaban encerrar el poder del Señor del Clima. Este, por cierto, actuaba de forma extraña; con movimientos lentos y torpes. Pero, aun así, era un poderoso aliado contra los renegados. Si se esquivaban sus golpes, claro.

Por desgracia ya no sería tan fácil acabar con sus enemigos, pues estos, advertidos, empezaron a coordinarse mentalmente para atacarla. Con suerte, la eminente aparición de Rull los distraería lo suficiente como para terminar con dos más por lo menos. Mientras tanto debía resistir y atraerlos hacia Luyoe.

Llegó el humano y todo sucedió tal y como había previsto, salvo por una cosa. De un momento para otro dejó de sentir la presencia del pequeño Roka en su mente. Era como si hubiese desaparecido del mapa, como si hubiese… Bastó apenas un segundo de distracción en el combate para que uno de sus enemigos se acercase a ella lo suficiente como para asestarle un golpe, aunque no llegó a rozarla. Porque Rull recibió el golpe de lleno al apartarla de un empujón. Y eso no fue lo único que ocurrió. Una nueva llamarada de Luyoe acertó a uno de los Shuc-las que manipulaban el cristal y, al desequilibrarse este, el cuarzo transparente cayó al suelo y se rompió, en una explosión cuya onda expansiva derribó al mismísimo Señor del Clima y a todos los que con él estaban.

LA DEUDA DE CORAZÓN

No pudo moverse. Cuando aquel hombre negro abrió el armario en el que se escondían, lo único que hizo fue abrazar con fuerza a Lys mientras veía cómo el desconocido se llevaba al otro niño. Fue igual que cuando la montaña explotó: se quedó quieta, incapaz de moverse y en blanco. Lo único que hizo fue suspirar aliviada porque a ellas no les habían hecho nada.

Esperó en silencio. Incluso cuando los ruidos cesaron y las voces callaron esperó, rezando porque la pequeña no se pusiese a llorar ni armara un alboroto que pudiera enfurecer a los intrusos. Se sentía tan… patética.

Al caer la noche salió de su escondite. Lys estaba enferma desde hacía un par de días y las temperaturas habían descendido bruscamente al ocultarse el Sol. Al principio creyó que no quedaría nadie en la casa, al menos vivo, pero al pasar por la sala de la ventana, donde se había producido la pelea, encontró al muchacho que solía cuidar de los niños. Le habían dado una paliza monumental y estaba inconsciente en el suelo. La prioridad de Hiedra era Lys, sin embargo… Su comportamiento había sido tan reprochable que, para acallar a su consciencia, se propuso cuidar del herido como si de alguien de su familia se tratara.

La cocina, y en general todo lo relacionado con los alimentos, se encontraba en la planta baja y, con el ascensor de poleas roto, el único medio para subir y bajar de aquella torre era la inmensa escalera. Lo que, en otras palabras, significaba demasiado esfuerzo físico para que luego la comida de los enfermos llegase fría a sus destinatarios. Había que ser prácticos y resolutivos. Si no podía bajar a los inválidos, tendría que subir la cocina al piso de arriba.

Su revolucionaria idea consistía en tener un fuego arriba en el que calentar la comida que preparase abajo, pero debía ser una llama que no produjese mucho humo o se ahogarían. Pensó en encenderlo cerca de la única ventana del edificio, sin embargo, haciendo eso se arriesgaba a que una desafortunada brisa acabara por incendiar todo el lugar, ¿pero tenía otra opción?

Hiedra no podía evitar pensar en las chimeneas de los sureños, y maldijo, no siempre en silencio, al cabeza de chorlito que había construido esa estúpida torre sin ventanas y con una sola escalera de acceso. Al final, encendió un fuego cerca de la ventana para evitar que sus pacientes se asfixiaran con el humo, y mantuvo siempre cerca cubos con agua y mantas con las que apagarlo en caso de necesidad. Seguía teniendo que bajar para hacer la comida o buscar agua, recurso que se les acabarían pronto, con lo que en realidad poco había mejorado su calidad de vida pero al menos el alimento ya no llegaba frío a sus pacientes. Y, lo que resultó aún más importante, podía poner agua a calentar para bañarlos.

Al principio el joven trató de resistirse, y eso que sus heridas lo tenían casi completamente inmovilizado, aunque Hiedra no tardó en convencerle de que no tenía nada que ella no hubiese visto ya. A fin de cuentas, en Tatlas lo normal era reunirse a la hora del baño en las aguas termales. Lo que sí llamó la atención de la muchacha fueron los tatuajes con forma de anillo de enredadera que tenía en la nuca y a la altura del corazón. Aquellas marcas no se parecían a nada que hubiese visto antes, y había visto muchos tatuajes. Era como si el dibujo formase parte de la piel, como un lunar, solo que con una forma mucho más sofisticada y definida. Y no era solo uno, sino dos tatuajes idénticos. Uno de ellos estaba a la altura del corazón, y la muchacha no pudo evitar preguntarse si era por alguien especial. Aunque si era ese el caso, ¿por qué la enredadera estaba seca y llena de espinas?

En circunstancias normales habría formulado todas esas cuestiones en voz alta, de hecho puede que alguna se le escapara, pero Lys estaba muy enferma y necesitaba toda su atención. Lo curioso era que la niña había estado bien hasta poco después de que Hiedra despertara en aquella torre. Tal vez fuese casualidad.

—¿A dónde crees que vas? —no podía verle pero, como ya había tratado de irse otras veces, supo que el mu-chacho intentaba bajar la escalera de nuevo.

—¡Tú no lo entiendes! —empezó a quejarse—. No tienes ni idea de lo que me hará cuando regrese y vea que se han llevado al niño y a su madre.

Hiedra aún no conocía bien a los habitantes de tan variopinto lugar, pero por algún motivo era capaz de imaginarse a quien se estaba refiriendo el joven sin necesidad de que este le dijese ningún nombre. Aunque, la verdad era que tampoco le diría mucho un nombre: del único que se acordaba era de Kirt, y solo porque el desconocido se parecía muchísimo a Eltos. Sin embargo, no le costaba nada imaginarse a la mujer de negros cabellos, que tan fieramente la había interrogado, cada vez que su paciente se quejaba. ¡Menuda tenía que ser la morena!

—No seas estúpido y métete en la cama de nuevo. Si poco pudiste hacer sano, menos harás ahora lisiado.

—¡No tengo por qué…!

Ella sí que no tenía por qué perder su tiempo discutiendo con él. ¡Debía encontrar el modo de curar a Lys! Pero es que aquel muchacho la ponía de los nervios. El condenado no podía limitarse a quedarse tumbado y dejar que lo trataran hasta estar completamente sano, no, él tenía que levantarse para que se le abrieran las heridas y vomitar en medio de…

—¿Qué ocurre ahora? —preguntó cuándo el silencio duró más de la cuenta.

Salió a su encuentro con ánimo de enfrentarlo cara a cara. En realidad, lo que tenía pensado hacer era darle un buen tirón de orejas y arrastrarlo hasta la cama donde lo ataría con las sábanas si fuese preciso. Sin embargo, la postura en la que lo vio detenido en medio de la habitación y la expresión con la que miraba a la nada le hizo darse cuenta de que pasaba algo. ¿Qué trataba de oír? Porque ella no escuchaba nada.

—No estoy seguro.

¿Cómo podía no estar seguro? O pasaba algo o no pasaba nada. ¡Estos hombres! En un abrir y cerrar de ojos Hiedra cruzó la sala y se asomó por la ventana para ver ese peligro que el muchacho *«no estaba seguro»* de estar presintiendo. Aunque lo único que vio fue la niebla.

—Solo es niebla —gruñó.

Era extraño. Allí no había lagos, ni ríos, y los últimos días había hecho tanto calor que casi no necesitaba calentarles la sopa a sus enfermos. ¿Cómo era posible que tanta humedad se hubiese condensado en tan poco tiempo?

Sintió un tirón de su brazo derecho y perdió el equilibrio. Ya sentada, descubrió que había sido el tatuado muchacho el que la había hecho caer, y si no había dolido fue porque el joven usó su propio cuerpo para amortiguar la caída de ella. ¿Pero por qué?

De repente, una criatura alargada y similar a una serpiente, aunque gigantesca, entró por la ventana rompiendo el marco de la misma. Por supuesto, solo metió la cabeza y parte del cuerpo, al menos de momento, pues miraba en todas direcciones como buscando algo y, de vez en cuando, se introducía un poco más en la torre. A decir verdad, hubo un momento en el que se les quedó mirando, pero no los atacó. Estaba buscando otra cosa.

Hiedra estaba paralizada por el miedo. Ni siquiera pestañeó cuando la cabeza de aquella serpiente con patas los miró de frente, con lo que no pudo evitar descubrir un vago recuerdo en aquellos ojos amarillo verdosos. Jamás había visto un ser semejante, de eso estaba segura. La cabeza tenía forma de punta de flecha, donde la parte más fina era el hocico y comienzo de la boca, y la parte más ancha tenía cuernos que iban hacia atrás. En cuanto al cuerpo, no era diferente del de una serpiente, salvo por el hecho de que tenía patas. Cortitas pero bien dotadas, con afiladas garras. Le faltaban al animal parte de sus escamas y tenía serias heridas por diferentes partes de su cuerpo, algunas causadas por su entrada a través de la ventana, aunque este no era el caso de la gran mayoría. Y aun así, la criatura no parecía notar sus propias dolencias. ¿Qué estaba buscando?

Cuando aquella cosa dio por registrada la sala, hizo presión con sus cortos brazos para introducirse aún más en la torre. Iba hacia las habitaciones y de repente Hiedra se acordó de la pequeña Lys, que seguía en cama, inconsciente a causa de la fiebre.

Se convenció a sí misma de que si corría, podría alcanzar a la cría antes de que la criatura diese con ella. Pero el muchacho no hizo ademán de soltarla y ella, harta de tantas restricciones, dio una fuerte patada a un trozo del antiguo dintel de la ventana que cayó por el hueco de la escalera, revotando en varios escalones y alertando a su alargado intruso. Éste, tras una rápida ojeada, y guiado por el sonido que había hecho la madera al caer, comenzó a descender por la escalera, raptando lo mejor que aquel limitado espacio le permitía. ¡Era el momento!

—Estate quieta —susurró el muchacho con un hilo de voz.

El joven la había salvado al apartarla de la trayectoria de la criatura, así que Hiedra lamentó profundamente el darle un codazo en su magullado estómago, pero es que Lys era su prioridad. En cuanto el abrazo de su salvador se relajó debido al dolor, ella salió corriendo en dirección a las habitaciones: no había tiempo que perder.

Encontró a Lys en la cama justo donde la había dejado pero con la particularidad de que estaba despierta. Era una gran mejora con respecto a los últimos días, aunque no podía permitirse el evaluar aquello: primero debía sacar a la niña de aquella ratonera.

La cogió en brazos y salió del cuarto. No sabía cómo iba a salir de la torre con el hocico de la bestia en la escalera y su alargado cuerpo cubriendo la ventana. ¿Habría alguna otra salida? Si alguien lo sabía debía ser el muchacho, por desgracia no llegó ni a verle pues se encontró cara a cara con su escamoso intruso en cuanto quiso atravesar el pórtico que daba paso a la estancia principal de la torre.

Su primera reacción fue quedarse muy quieta, aunque en eso Lys no ayudó. Los ojos de aquella gigantesca serpiente con patas no tardaron en fijarse en la niña y cuando Hiedra quiso darse cuenta sus propios pasos la habían puesto contra la pared. Abrazó a la chiquilla con fuerza. Parecía que el corazón se le fuese a salir por la boca mientras, paralizada, se preguntaba qué iba a hacer ahora. Y aquellos ojos… Aquellos verdes y amarillentos ojos que no dejaban de mirar a Lys eran… Eran… ¡Deliraba! Una situación como aquella y lo único que era capaz de pensar era que en aquellos ojos le resultaban familiares. Era absurdo.

Tuvo algo nuevo en lo que pensar en cuanto la bestia abrió su mandíbula mostrando unos muy blancos y puntiagudos dientes, y Lys… ¡Lys estaba ardiendo!

¡Maldición! Pero si apenas unos segundos antes había estado bien. ¿Qué iba a hacer Hiedra? ¡Aquella cosa se las iba a comer! Cerró los ojos con fuerza esperando el funesto final que las aguardaba, deseando que Eltos estuviese allí para salvarlas de nuevo. En realidad, en aquel momento le habría servido cualquiera, aunque todo era mucho mejor si Eltos estaba de por medio.

Lys cada vez estaba más caliente y su sangriento final no llegaba, así que se armó de valor y abrió uno de los ojos, y luego el otro. La criatura seguía allí ante ellas, con la mandíbula abierta, respirando con dificultad y mirando fija-mente a la niña. Aunque había algo en la serpiente que… Hiedra casi no se lo podía creer: ¡la bestia estaba escogiendo!

—Lys… No… Lys no debe…

¡Hablaba! ¡Por todos los… la serpiente hablaba! ¿Y cómo sabía el nombre de la chiquilla? ¿¡Y sus escamas!? Estaban desapareciendo, y su cuerpo estaba mutando. Antes de que Hiedra se diese cuenta aquel monstruo dejó de ser tal para convertirse en alguien a quien creía conocer muy bien.

—¿Eltos?

10
INSTINTOS

Debería estar muerto. Él, Golondrina y todos aquellos Shuc-las contra los que había estado luchan-do debe-rían estar muertos, y sin embargo no lo estaban. ¿Qué había pasado exactamente? Recordaba haber visto caer al suelo el prisma que sus enemigos estaban utilizando, luego Golondrina… No estaba seguro de cómo había pasado, pero la Shuc-la se había interpuesto entre él y la explosión para protegerle. ¡Maldita sea! ¡Debió ser él el que la protegiera y no al revés!

—¿Estás bien?

En realidad, seguía algo aturdido por todo aquello.

—¿Eh? ¡Sí! —respondió.

Después de fracasar como caballero, permitiendo que la chica a la que intentaba impresionar lo protegiera, todo se volvió blanco. No como la nieve, sino como si algo muy brillante se hubiese inter-puesto entre ellos y el origen de la explosión. No sabía lo que era, o lo que había sido, aunque era gracias a aquel extraño suceso que seguían vivos, y estaba muy agradecido por ello.

—Ayúdame con esto.

Ya más calmado, identificó a la mujer, que había encontrado a otro superviviente. El pobre infeliz seguía inconsciente, aunque esa no era la preocupación de Rull en aquellos momentos.

—¡Mi pierna!

Cuando volvió a ser consciente de su entorno se percató de que la pierna izquierda le dolía bastante. Al principio no le dio mayor importancia, pues se había dado un buen golpe con la caída, ya que aquella luz blanca los había protegido de la explosión, pero no tanto de la onda expansiva de la misma.

—Está rota —dijo la mujer, que no se acercó a él hasta haberse cerciorado de que el inconsciente Shuc-la estaba bien inmovilizado.

En la caída, al menos, había podido hacer de colchón humano para Golondrina. Eso sí, a costa de su pierna.

—¿¡Qué haces!? —se escandalizó cuando ella empezó a desabrocharle la bota.

—Debo ponértela bien.

No, si aquello ya se lo imaginaba él. Pero es que ella era tan insensible e implacable que el dolor en aquella operación estaba más que asegurado.

—Deja, deja. Si no tienes nada con lo que mantenerla recta —mientras decía aquello, la mujer se alejó y fue recogiendo algunas de las espadas de sus enemigos caídos—. ¡Estarás de broma!—.

—No seas quejica, es lo mejor que hay por los alrededores —y así, nada pudo librar al pobre Rull de que su amada le colocase bien la pierna sin piedad ninguna—. Aguantará —fue su veredicto final, refiriéndose al vendaje.

—Gracias por preguntar si estoy mejor, la pierna no me duele nada —hizo uso del sarcasmo para no decir lo que realmente pensaba.

Si es que con ella siempre le pasaba algo, o se caía a un lago habitado por un Dragón de Agua, o los atacaba un Señor del Clima. Y eso por no hablar del volcán en el que estaban.

—Sigue quejándote y te romperé la otra pierna —respondió ella.

Aquello habría tenido gracia de no ser porque lo decía en serio. Bueno, al menos no había dicho que lo abandonaría a su suerte, lo que ya era un gran avance en su relación. Desgraciadamente, el dolor de la pierna le era insoportable, así que tendría que dejar en ese punto sus intentos por seducirla si no quería que su sufrimiento se duplicara. Y ya había habido bastantes roturas en un mismo día.

—Golondrina, ese se está moviendo —señaló a otro de los supervivientes, un pelirrojo bien fornido al que no recordaba haber visto antes, tarea más que complicada dado el tamaño de este.

—Eso no es un Shuc-la.

—¿Y qué es entonces? —preguntó aquello de broma, porque aquel hombre solo podía ser un Shuc-la, ¿no?

No tenía que haber hecho aquello. ¡Maldita su curiosidad! ¿Y ahora qué? Cuando Golondrina se enterase de que había dejado irse al único que podría haberles dado alguna pista de lo sucedido… ¿Pero cómo iba a saber él que el tal Eltos se transformaría en una especie de serpiente gigante nada más echarle agua encima? ¡No había forma de que lo hubiese adivinado! Al igual que tampoco podía saber de antemano que destruiría la pared del hospital donde lo habían atendido en su forma humana y que se alejaría volando… ¿Desde cuándo un ser acuático podía volar? Daba igual, porque Golondrina iba a matarlo.

Si al menos supiese hacia donde se había ido no se sentiría tan estúpido, pero le había perdido la pista. ¿Cómo seguir a nadie cuando las paredes que te rodean se vienen abajo? Kirt había tenido que protegerse, y proteger a los heridos del hospital: no pudo fijarse en la dirección que tomó el Quaz. Aunque, en fin, un Dragón de Agua volando tampoco es que llame poco la atención, de modo que no le costó averiguar que se había ido hacia el sursureste. ¿Qué había allí? No se le ocurría ningún sitio, claro que tampoco sabía a dónde podría querer dirigirse un Quaz herido.

En fin, tarde o temprano tendría que reencontrarse con los suyos y confesarle a la Shuc-la que había dejado escapar al único ser que podía contarles lo que realmente había ocurrido en Tatlas. ¿Y si no se lo decía?

Tan concentrado estaba en sus propias cavilaciones que no se dio cuenta de que llegaba al pie de la montaña donde se separó del resto, y mucho menos se percató de que la proximidad de uno de sus compañeros.

—Justo a tiempo. Debemos regresar cuanto antes a la torre —dijo Golondrina mientras depositaba un cuerpo a los pies del muchacho.

—Ah, bueno, vale —echó una ojeada al regalito que le había traído la Shuc-la, aunque la verdad era que tampoco le interesaba mucho...

¡Un momento! ¿¡Qué!? ¡Golondrina! ¿Cuándo había llegado? ¿Y quién era ese que estaba a sus pies? Y más importante, ¿dónde estaba Rull?

—Ya vienen —anunció la mujer, que debió de leer en la expresión de él que estaba preocupado por la ausencia de su amigo.

Efectivamente, no tardó en poder verse una gran figura de piel bronceada y cabello anaranjado... No, naranja no, era casi rojo, y llevaba en brazos a cierto rubio que casi habría preferido arrastrarse por la montaña antes de que lo cargaran así.

—Ni se te ocurra mencionar nada de esto en casa —lo amenazó su viejo amigo, apurado por la situación.

—¿Quién es ese? —señaló al fornido pelirrojo.

Tampoco sabía quién era el que estaba a sus pies, pero le perocupaba más el grandullón que cargaba a Rull.

—Luyoe —respondió la mujer.

—Ya —asintió mientras pensaba, sin poderlo remediar, que aquel nombre le era vagamente familiar. Y tanto que lo era—. ¿¡El Señor del Clima!?

—Eso parece —habló el desconocido.

—Pero si es… —lo señaló de la cabeza a los pies tratando de hacer ver al resto que parecía humano—. ¡Y habla!

—¿Es así de histérico siempre? —quiso saber el supuesto Señor del Clima.

—Solo cuando está nervioso —le respondió Rull.

—¿Pero Luyoe no tenía forma de dragón? —insistió el muchacho.

—Su aspecto no importa —intervino Golondrina, que ya estaba volviendo a coger en brazos al hombre inconsciente que había dejado a los pies de Kirt—. Aniki lo quiere para algo, así que vendrá con nosotros.

—¿Así, sin más?

—Voy con vosotros porque también quiero interrogar a ese Shuc-la —solo cuando lo dijo se dio cuenta el muchacho de los tatuajes del rehén—, y la mujer me ha asegurado que morirá antes de despertarse si no es atendido debidamente.

Parecía que la antigua Golondrina hubiese resurgido de las cenizas: con sus respuestas cortas, su implacable tenacidad y su forma de guardarse para sí todo aquello que creyese innecesario para el conocimiento público.

—Debemos regresar a la torre lo antes posible —volvió a decir ella.

Era extraño que insistiese tanto en algo. ¿Acaso estaban en peligro?

—¿Sientes algo?

La Shuc-la era especialmente sensible. Si ellos o cualquiera de los suyos estaban en peligro, ella lo sabría casi antes de que ocurriese.

—Es justo lo contrario.

Aquella respuesta, sin embargo, dejó sin palabras a Kirt.

11
LAS CONSECUENCIAS DE UNA DECISIÓN

Incluso cargando con un hombre más pesado que ella misma y arrastrando a Kirt, cuyo ritmo frenaba al grupo, Golondrina no tardó en dejar atrás a aquel supuesto Señor del Clima que llevaba a Rull. Adelantarse al resto era normal en ella, pero no olvidarse de sus compa-ñeros de viaje. Podían ser simplemente sus ansias por llegar, que la preocupara el estado se su rehén, que no despertaba, o puede que solo le molestara que el tal Luyoe y Rull se llevasen tan bien. Y es que ambos eran verdaderamente escandalosos. Aunque Kirt prefería dedicar su tiempo a recobrar el aliento en vez de tratar de adivinar qué estaría pensando la Shuc-la.

—Debemos darnos prisa —lo apremiaba la mujer.

No tenía sentido. Si tanto quería correr sería mucho mejor que dejara de tirar de él de un lado para otro. A no ser que su objetivo fuese dejar atrás a los otros dos, ¿pero por qué? ¿Para hacer de señuelo? Ninguno de ellos estaba en condiciones de enfrentarse a nadie y, de todas formas, ¿quién pensaría que aquel grandullón era un Señor del Clima?

—Ese tipo, ¿es realmente un Señor del Clima? —él mismo no se lo creía.

Hasta donde él sabía, solo los Señores del Clima más antiguos, que solían ser además lo más poderosos, podían tomar forma corpórea. Pero jamás había oído nada de que pudiesen volver a ser humanos, o al menos aparentarlo. ¿Significaba eso que el despertar inducido de estos seres podía invertirse de algún modo? Y en tal caso, ¿Luyoe seguía pudiendo controlar el magma o era un simple humano como Kirt? Eran demasiadas preguntas sin respuestas para un tema en el que el muchacho se mostraba algo excéntrico.

—¿Encontraste al tal Eltos?

El nada sutil cambio de tema lo dejó perplejo, sobre todo porque ya le había contado lo que sucedió en Ehsrab, aunque su sorpresa fue mayor al ver el estado en que se encontraba la torre. Concretamente la única ventana de la misma, pues hasta él podía ver los destrozos a esa distancia.

—¿Qué demonios ha pasado?

Golondrina le dedicó una severa mirada.

—Nunca invoques a los demonios. No trae nada bueno —dicho lo cual apretó el paso.

Dado que no se deshizo de su peso muerto, que era su rehén en esos momentos, ni tampoco se precipitó en pos de la ventana de la torre, que era por donde solía entrar cuando iba con prisas, Kirt dedujo que no había peligro ni dentro ni fuera de su hogar. Claro que él tardaría algo más en llegar: un ascensor roto y una escalera llena de obstáculos se aseguraron de conseguirlo. Muebles, armas… ¿Eran esos sus libros? ¡Por todos los…! Habían puesto la torre patas arriba. ¿Pero quién?

—¿Golondrina? —pidió ayuda para subir el último tramo, aunque esta no llegó, pues la Shuc-la estaba demasiado ocupada culpando al pobre Mostaz de lo ocurrido.

—¿Quién se los ha llevado? —interrogó al muchacho, agarrándolo por el cuello.

—Por favor, hice lo que pude —le costaba respirar y hablaba entrecortadamente—. De verdad que lo hice —los ojos se le llenaron de lágrimas—. Eran dos Odbas y…

—Te advertí de lo que te pasaría si les ocurría algo.

De estar allí Rull ya se habría interpuesto entre los dos Shuc-las llamando la atención de Golondrina con alguna tontería de las suyas mientras daba tiempo a Kirt para que pensase alguna razón de peso con la que detener a la mujer y hacerla entrar en razón. Pero al muchacho, cansado por el sobresfuerzo y sin nadie que frenara aquello un poco, no se le ocurría nada. Fue Hiedra la que apareció por detrás de la Shuc-la, madero en mano, para salvar al pobre Mostaz.

—¡Déjalo en paz!

La gélida mirada que golondrina dedicó a la muchacha podría haber helado la sangre a cualquiera y, de hecho, hasta Hiedra se detuvo en el acto. Por fortuna Kirt ya tenía una idea que detendría a la mujer, al menos de momento.

—Basta, Golondrina. Los necesitaremos para saber lo que ha pasado —dicho lo cual empezó a dar instrucciones a diestro y siniestro—. Hiedra, ya que estás aquí, ocúpate de ese hombre: necesitamos que sobreviva para interrogarle.

—¿¡Qué!? ¿Por qué tendría que…? —lo lógico sería pensar que la mirada de la Shuc-la le hizo replantearse su queja, pero en aquel momento Golondrina ya le estaba dando vueltas a otro asunto, con lo que su cambio de actitud no tuvo mucho sentido—. Está bien —cedió.

No pasó desapercibido para nadie que les estaba ocultando algo, aunque aquel tema tendría que esperar: la necesitaban como enfermera. Sobre todo cuando llegase Rull.

—¿Dudo? —habló de pronto Mostaz, fijándose por vez primera en el rehén—. ¿Cómo habéis…?

—Da igual que lo conozca —antes de que la mujer se lanzase contra el chico, Rull se apresuró a hablarle—, a mí también me resulta familiar su cara —confesó —y no soy sospechoso de nada. Estoy seguro de que hasta tú lo reconoces, así que cálmate y deja que Mostaz nos cuente lo que ha pasado.

El muchacho les relató con pelos y señales todo lo que había pasado desde que se marcharon, incluida la incursión del Quaz en la torre, con lo que pronto quedó claro lo que les ocultaba su improvisada enfermera.

—No pude… —guardó silencio, pues ya había dicho demasiadas veces aquel día lo que no había podido hacer y temía la respuesta de Golondrina.

Esta, sin embargo, giró sobre sus talones y se dirigió, seguida de cerca por Kirt, hacia las habitaciones, donde Hiedra les cerró una de las puertas poniéndose justo delante de ellos.

—¿Qué… qué queréis?

Con tal reacción no fue difícil deducir dónde lo ocultaba la muchacha.

—Déjanos entrar, Hiedra —decidió pedírselo él antes de que la Shuc-la lo hiciese a su manera.

La chica fue a negarse, pero se mordió la lengua y los dejó pasar. En fin, no habría podido detener el avance de Golondrina ni con todo un ejército de su parte, lo que convertían sus intentos en algo verdaderamente loable. Casi tanto como la persistencia de Rull, aunque esto último jamás se lo confesaría Kirt a su amigo; lo último que necesitaba es que aquel creído pensase que su actitud era admirable.

Tal y como supusieron, Eltos estaba en aquella habitación. Y bastante bien atendido, pese a que su aspecto no lo diese a entender.

—¿La niña sigue viva? —fue todo lo que preguntó Golondrina.

—¡Por supuesto que sí! —respondió Hiedra.

La mujer asintió en silencio y salió de la habitación.

—Espera, Golondrina. ¿Qué piensas hacer?

La vio marcharse, y por un momento temió que no fuese solo a salir de la habitación, sino también de la torre.

—¿Con respecto a qué?

Era una buena pregunta. Por fin estaban cerca de tener una pista verdadera sobre el paradero de Aniki y los suyos, y sin embargo alguien había secuestrado a Pantera y a Roka y la mayoría de ellos estaban malheridos. Mostaz ya podía caminar pero Rull, por ejemplo, necesitaba que lo cargaran hasta que la pierna se le curase. Lo que hizo darse cuenta a Kirt de la tardanza de su compañero.

—Vayamos a buscar a por Rull y a ese supuesto Señor del Clima. Podrían sernos de ayuda —dijo aquello para con-vencer a la Shuc-la de que lo acompañara, porque la verdad era que estaba preocupado.

Golondrina quería vengar la muerte de Röu por encima de cualquier otra cosa. Por otro lado, Pantera y el pequeño Roka eran lo más cercano a una familia que le quedaba, y a Kirt no le cabía la menor duda de que la Shuc-la los quería. La pobre debía sentirse dividida por sus propias emociones, aunque aparentase no tenerlas.

—Si tú lo dices.

Pese a sus palabras, la mujer hizo lo que él sugirió y juntos caminaron sobre sus pasos en busca de los dos reza-gados. Para su sorpresa y apuro los encontraron en el pueblo cercano a la torre, concretamente en una taberna del lugar a la que Golondrina no volvería a poderse acercar.

—¡No me extraña que intentara matarte, yo también lo habría hecho! —no habían llegado aun cuando Rull exclamó aquello.

—¿Y qué habrías hecho tú, eh? ¡A ver!

En dos años el antiguo mujeriego había tenido tiempo más que suficiente para hacer amigos en el pueblo con los que irse de vez en cuando a beber. Todo lo contrario a Kirt, que se había centrado tanto en su propia investigación sobre los Señores del Clima que sus amistades en las cercanías de la torre eran las mismas que el primer día, es decir, ninguna.

—A las mujeres hay que decirles cosas bonitas, estúpido. Cosas como... ¿Cómo qué? ¡Ah, sí! Cosas como que irías al mismísimo infierno por ella.

La mayoría de sus amistades de la taberna, así como el dinero que gastaba en la bebida cuando salía, lo había obtenido trabajando en algunas de las granjas. Su especialidad era otro tipo de cultivo, pero al parecer era bastante capaz en el terreno y en algo menos de dos años pasó de ser un simple trabajador a tener cuatro o cinco hombres bajo su mando. De hecho, de no estar en la época de menos trabajo del año jamás habría podido ir a Tatlas.

—¿Eso le dijiste tú? —preguntó el supuesto Señor del Clima, también presente, cuando la oleada de risas por lo que había dicho el galán de la pierna rota cesó.

—¡Ya lo creo!

Su público, igual de borracho que él mismo, lo vitoreó. Claro que la mayoría de los presentes o trabajaban con él o para él y les había invitado ya a un par de rondas, así que no era necesario que contara un chiste para que le rieran la gracia.

—¿Y qué te respondió? —preguntó uno de los subalternos.

—¡Os lo diré! —hizo ademán de levantarse y luego recordó su fractura, convenientemente puesta en alto en una silla —¡Rayos! — su reacción provocó aún más risas y él también acabó riendo por la situación.

Fue más o menos en aquel momento que Kirt y Golondrina llegaron.

—No, venga, ahora en serio. ¿Qué te respondió? —insistieron sus compañeros.

—¡¡Nada!! —exclamó con los brazos extendidos como el que descubre un truco de magia—. ¡Dos años llevo cortejándola y ni una sonrisa he obtenido a cambio! Bueno, pue-de que una sonrisa sí, ¡no lo sé! ¡Ya no estoy seguro! —empezó a tener hipo.

El coro de borrachos alrededor de Rull empezó a hacer comentarios a gritos sobre lo que debía o no hacer, o sobre lo que ellos harían en su lugar. Comentarios que lograron subirle los colores a Kirt, y también a Golondrina. Eso sí, por el modo en que apretaba los puños y la mandíbula, su enrojecimiento tenía más pinta e enfado que de cohibición.

—Voy a pagar la cuenta —susurró el muchacho, que sabía que Rull se hacía cargo de sus propios gastos pero que quería quitarse de en medio antes de que la Shuc-la explotara.

Además, llevaban sin recaudar rentas desde la muerte de Röu y Golondrina era bien conocida en el pueblo. Con la cara de enfado que tenía en aquellos momentos, seguro que era capaz de ahorrarle unas monedas a su amigo. ¿Quién sabe? Tal vez las necesitasen para pagar un sanador más adelante.

—¿Pero tú la quieres? —preguntó el tal Luyoe.

A Kirt se le pusieron los pelos de punta nada más oír aquello. Se sintió tentado de volverse y mirar a la Shuc-la pero también de salir huyendo antes de que Rull diese su respuesta. Porque si sus galanteos tenían un origen noble, entendiendo por tal que la pretendía sinceramente, tal vez Golondrina lograse pasar página. O eso pensaba el muchacho, que se sorprendió con su propia reflexión.

—No lo sé —dijo por fin el galán—. Yo solo sé que no consigo sacármela de la cabeza: la veo en todas partes. Mira, por ejemplo, la chica de la puerta —señaló—. Yo sé que no es ella, porque la Golondrina que conozco jamás vendría a un sitio como este, pero es que cuanto más la miro más me parece que es ella —se puso las manos en la cabeza—. Me estoy volviendo loco.

Loco sí que estaba, porque la *«chica»* a la que había señalado no era otra que aquella de la que estaban hablando.

—¡Bobo, que es ella de verdad! —lo palmeó en la espalda en pelirrojo y supuesto Señor del Clima.

Aplausos, silbidos, vítores… El escándalo fue casi tan grandioso como el puñetazo que la mujer le dio en la cara a su no seguro pretendiente.

12
EL TRONO DE LAS FALSAS MENTIRAS

Pantera comenzó a caminar de un lado a otro de la habitación con impaciencia. ¿Por qué estaban tardando tanto?

Aquella era la única hora del día en la que la dejaban ver a su hijo, pero siempre parecía haber algún motivo que retrasaba a sus niñeras o que las obligaba a llevárselo antes.

—Señora, lamento mucho tener que informarla de que el príncipe Roka no podrá visitarla hoy.

Aquella modélica Odba era su carcelera particular. No era quien la había encerrado allí pero sí la que se ocupaba de atender sus necesidades y seguirla a todos lados, porque Pantera podía ir a donde quisiese siempre y cuando no saliera de la mansión.

—¿Qué puede ser tan importante como para impedir a un niño de dos años ver a su madre?

Aquella Odba siempre iba pulcramente vestida y cumplía a la perfección su papel de criada o doncella. El problema era que servía a un desconocido anfitrión que parecía no querer dejarla ver a su hijo.

—No conozco la respuesta a esa pregunta, señora. Si me disculpa —dijo antes de marcharse.

Sintiéndose agotada, como casi siempre que hablaba con aquella estoica carcelera, se dejó caer en las almohadas que había esparcidas por el suelo a modo de sofá. Ya hacía tiempo que había descartado la idea de escapar de allí por sus propios medios, y desconfiaba de que nadie pudiera rescatarlos en pleno nido Odba, así que lo único que restaba era tratar de sobrevivir en aquel recóndito lugar y luchar por ver a su hijo.

No era ni una invitada ni una prisionera. Jamás se casó con Tsunde, pero era la madre del único descendiente de este y, por tanto, del heredero del título y responsabilidades del difunto. ¡Pobre Tsunde! Nadie quería decirle cómo había muerto, aunque ella creía saberlo. A fin de cuentas fue él quien la instó a ocultarse cuanto supieron que estaba embarazada. Todo lo que el difunto le dijo fue que el motivo por el que debía marcharse estaba relacionado con el cargo que desempeñaba dentro de su pueblo, y ella no le hizo más preguntas por aquel entonces. ¡Pobre Tsunde! ¡Y pobre Roka! Con Golondrina y los demás jamás había echado en falta la figura de un padre protector para su niño, pero ahora estaba sola. ¿Qué iba a ser de su pobre hijo?

En aquel momento las puertas de la habitación se abrieron bruscamente de par en par, y uno de los Odbas responsables de que ella estuviese allí entró.

—Sé que soy la última persona con la que querrá hablar, pero le ruego que…

—¡Haga el favor de marcharse, señor! —llegó corriendo su particular carcelera—. ¡Esto es inaudito! Entrar así, sin invitación, en la casa de…—.

Verla tan molesta sí que era inaudito.

—Ya que está aquí —interrumpió su parloteo Pantera—, escuchemos lo que tenga que decir.

Estaba tan disgustada que habría hecho casi cualquier cosa con tal de irritar a la criada. Y como una de las pocas cosas que podía hacer era mandarla, no dudó en hacerlo.

—¡Pero, señora!

—Estas a mis servicios, ¿no? —no se molestó en esperar una respuesta—. Trae algo de beber para mi invitado.

La carcelera salió de allí, aunque a ninguno le faltaron razones para sospechar que antes de preparar el refrigerio aquella mujer buscaría el modo de informar a quien quiera que le diese órdenes acerca de la inesperada visita que había recibido su invitada.

—Me consta que no soy la persona con la que más le gustaría estar hablando en estos momentos, así que permita que le dé las gracias por recibirme, señora.

—Pantera —lo corrigió—. Si escucho a alguien más, aparte de esa arpía, llamarme *«señora»* de nuevo, juro que lo lanzaré por la primera ventana que encuentre.

No pretendía hacer reír a aquel Odba, sin embargo eso fue lo que pasó.

—Me alegra ver que sus problemas de salud no son más que un rumor, Pantera.

—¿Qué quieres decir?

—Corre el rumor de que está muy enferma. Hay quien dice que es muy peligroso dejar que el príncipe Roka se acerque a usted.

—¿¡Qué!? —se levantó casi de un brinco.

—Si me permite una sugerencia, Pantera, creo que deberíamos tener esta entrevista dando un paseo donde to-dos puedan ver la buena salud de la que goza. Será la mejor manera de acallar esos rumores.

En cuestión de segundos la ira fue sustituida por el miedo y la impotencia.

—No… no puedo salir de aquí —respondió, recordando su primer día allí y cuanto le dijeron.

—Eso es lo que el Consejo quiere que crea —sonrió con amabilidad—. Le aseguro que, como madre y tutora del príncipe, puede hacer casi cualquier cosa que se le ocurra —le ofreció su brazo para salir de allí—. ¿Me permite?

No estaba segura de si podía confiar en él, al fin de cuentas era el causante de que ella estuviese allí, pero estaba desesperada y aquella era su única oportunidad para hacer algo.

—Te llamabas Vernam, ¿no es cierto? —preguntó mientras aceptaba aquel apoyo; había oído su nombre durante el viaje—. ¿Por qué quieres ayudarme?

—Mucho me temo que por la misma razón por la que otros preferirían tenerla encerrada y lejos del príncipe Roka. Verá, Pantera…

—¿Pero se puede saber qué hacen? —llegó la carcelera portando un carrito con toda clase de refrigerios—. ¡No pienso permitir esto!

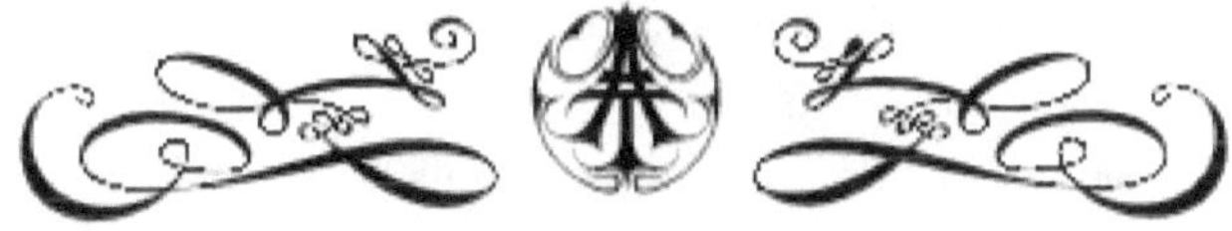

Hasta ese momento todo había ido bien, puede que demasiado. Era inevitable que trataran de cerrarles el paso, e incluso que intentaran evitar que hablasen. La batalla no había hecho más que comenzar y Vernam debía mantenerse firme hasta el final.

—Menuda insolencia. ¿Debo recordarte que estás ante la madre de tu príncipe? —y luego, dirigiéndose a la mujer que tenía agarrada del brazo, añadió—. No puedo imaginar por lo que habrá estado pasando, Pantera, permítame tener-la como invitada en mi casa el tiempo que necesite hasta olvidar tan mal trato.

Nunca había sido muy bueno haciendo teatro, pero aquello debería bastar para sacar a la prisionera de allí y, sobre todo, ponerla bajo su tutela, que era el verdadero motivo por el que había ido a buscarla. Sí, debería bastar, después de todo lo último que querrían los viejos del Consejo sería un escándalo en el que se les señalara como los carceleros de la madre del príncipe.

—¡Menuda cara ha puesto! —rio la mujer en cuanto salieron de la casa—. ¡Qué gusto me ha dado librarme de ese mal bicho! —suspiró—. ¿Y bien?

—¿Perdón?

—Que queráis retener a Roka puedo entenderlo: todos lo lla-máis *«príncipe»*. ¿Pero de qué os sirvo yo?

Ella se había soltado, aunque seguía caminando a su lado. Puede que porque temiese que volvieran a retenerla en aquella casa, y no pudo evitar sentir lástima de la mujer.

—Es todo política.

—Explícate.

—Los Odbas nos regimos por un Consejo. Algunos de sus puestos pueden ser ganados superando ciertos exámenes, como es mi caso, pero otros son heredados…

—¿Ese es el caso de Roka? —lo interrumpió ella.

—Así es. Aunque es un poco más… Digamos que cada ley o decisión debe ser votada por los miembros del Consejo, y según su posición su voto tiene más o menos valor. Si dividiésemos todos los votos del Consejo en dos partes iguales, una de ellas correspondería por completo al príncipe Roka. En otras palabras, su palabra es ley.

Notó cómo ella hacía un esfuerzo para comprenderlo, o puede que para creérselo. El niño era demasiado joven para tener tanto poder sobre el porvenir de un pueblo entero.

—Pero eso no responde a mi pregunta, ¿qué pinto yo en todo esto?

—Hasta que el príncipe Roka no cumpla la mayoría de edad sus funciones y deberes recaen sobre su tutor, o en este cado sobre usted —se aclaró la garganta—. ¡Ya hemos llegado! Sé que no es tan grande como…

—Todas vuestras casas me parecen iguales, bueno esta es más pequeña —lo cortó ella de nuevo—. Explícame mejor lo de que…

—¿Vernam? —habló un Odba a sus espaldas—. No me lo puedo creer. Si ya es raro verte pasear por la calle sin una oleada de guardias públicos detrás, más lo es verte con una mujer en el brazo, ¿quién es la afortunada? No me dejes en ascuas y cuéntamelo todo —se acercó hasta ellos, y al ver los ojos de Pantera retrocedió un paso—. Vaya, ya me parecía extraño que tuvieras compañía —se burló.

El desconocido vestía una túnica morada que fuera de parecer elegante resultaba chillona y molesta a la vista.

—¿Y este payaso?

Ciertamente la intervención de aquel personaje había sido de lo más inoportuna e inapropiada, sobre todo teniendo en cuenta cuál era su posición en sociedad, pero de ahí a llamarlo *payaso*…

—Mi primo —murmuró.

—Lunot, Conde de primer orden, para servirla —hizo una leve reverencia que casi pareció una burla, claro que no se trataba de ninguna ofensa, sino de su forma natural de ser—. Vernam, no sé lo que te traes entre manos, pero pa-rece de lo más divertido. Pasemos dentro —dijo, como si aquella fuese su propia casa—, y así podrás contarme todos los detalles.

—¿Esto va en serio? —señaló al lunático, que ya les daba la espalda y se disponía a entrar en el hogar de su pariente.

—Sé que puede parecer una locura, pero su ayuda nos vendría muy bien.

Pantera asintió, aun con una ceja arqueada, y siguió al extraño personaje mientras este hacía las veces de anfitrión.

—Pase, querida, póngase cómoda. No se moleste en contemplar los cuadros: mi primo tiene un gusto horrible para el arte —los guio hasta una sala con algo parecido a un sofá y butacas, los primero que había visto ella desde que llegó allí—. Esta salita tuya siempre me ha parecido de lo más excéntrica. Sí, absolutamente encantadora —dijo a su anfitrión—. ¿Y bien? ¿Cuál es tu plan primo?

El aludido se puso muy derecho.

—Abolir las leyes que impiden a nuestro pueblo…

—Ahórrate el discursito político, ¿quieres? Y pasemos a lo importante —miró a Pantera—. Que el Consejo me saque los ojos si no es esta la misteriosa madre del príncipe… ¿Roka? Se llamaba así, ¿no? —dudó un momento—. Menudo nombrecito. Un día tiene que contarme por qué se lo puso, o mejor; cuénteselo a mi mujer. A ella le encantan esa clase de cosas —añadió cuando la mujer fue a abrir la boca y sin dejarle tiempo a decir nada—. Y hablando de mi esposa, creo que usted y ella deben de tener la misma talla. Sí, sí, hablaré con ella para que le preste alguno de sus vestidos hasta que podamos prepararle algo más apropiado.

Viendo su túnica no fue de extrañar que se opusiera a la idea de vestir con lo que aquel Odba creía apropiado.

—No quiero vuestra ropa —gruñó la mujer.

—Oh, querida, pero el pueblo quiere a una trágica heroína bien vestida que, habiendo perdido al amor de su vida, luchará a capa y espada por los derechos de su único y amado hijo —y tras decir aquello se dirigió a su primo—. Les encantará, ¿no crees?

—¿No vas a oponerte a mi plan? —preguntó sorprendido el verdadero anfitrión.

—Parece mentira que no me conozcas, Vernam —dicho lo cual se puso en plan melodramático—. ¿Cuándo me he negado yo a formar parte de un plan tan descabellado como este?

—Aun no te he dicho lo que pretendo hacer.

—¿Importa acaso? Ahora nuestra única preocupación debe ser planear bien es cómo vamos a recuperar al principito.

Al escuchar aquello después de tanta tontería los sentidos de Pantera se agudizaron.

—¿Cómo? A mí apenas me dejan verlo.

—Estoy seguro de ello, querida. Que el tosco de mi primo haya sido capaz de sacarla de allí con vida significa que aún no la habían forzado a firmar ningún documento cediendo su correspondiente regencia a nadie, ¿o me equivoco?

—¿Qué?

—Pregunta si durante su estancia la obligaron a firmar algún papel.

—No —negó también con la cabeza.

—Magnífico, Vernam: un rescate a tiempo digno de un héroe de prosa romántica. A Yazde le encantará escuchar la historia, estoy seguro.

—¿A quién? —ya no estaba segura de cuándo debía escuchar lo que decía aquel personaje o no.

—Su esposa —aclaró el verdadero anfitrión.

El extravagante primo se levantó.

—¿A dónde va?

—A mi casa, querida, y usted y Vernam vendrán con-migo.

—¿Por qué? —preguntó el aludido.

—Piensa un poco, primo. ¿Cómo piensas protegerla si vinieran a buscarla? No, no puedes: necesitas un escenario mejor, convertirla en una personalidad pública que el Consejo no pueda tocar. Y nadie mejor que Yazde para empezar a presentársela a las mejores familias —sonó tan… serio que ambos oyentes se sorprendieron—. En fin, no te culpes por no haberlo previsto: si lo hubieses pensado mejor jamás habrías puesto en marcha tan divertido plan.

—¿Y tenemos que ir a tu casa?

Vernam no parecía muy seguro, y eso preocupó a Pantera.

—¿Qué le pasa a su casa?

—Nada, querida, es solo que mi primo tiende a exagerarlo todo.

—Y tú no eres feliz si no te sales con la tuya, ¿no? ¿Por qué mi casa iba a ser menos segura para ella que la tuya?

—Cualquier hogar en el que no se me ofrezca un refrigerio a los cinco minutos de haber entrado por la puerta me inspira una gran desconfianza. ¿A usted no, querida?

La mujer miró a su salvador, que había sido el mismo que la había puesto en aquella situación, con disimulada preocupación, ya que temía haberse puesto en las manos de dos locos.

—Recuperaremos al príncipe Roka —le aseguró Vernam.

—Claro que sí, claro que sí —asintió Lunot—. Y si se niegan a entregarlo les amenazaremos con enviarles a Yaz-de. Mi queridísima esposa sería capaz de conquistar todo el continente ella sola, y sin la ayuda de armas: todo un don el suyo —y es que la charla de la buena señora era insoportable, mucho más molesta que la de su marido, si cabía.

13
RÍOS DE MAGMA

l era pescador, su padre era pescador, el padre de su padre había sido pescador, y así toda su familia. Algún día se casaría, tendría un hijo, y éste sería pescador. O eso había creído siempre.

Mucho ha llovido desde aquel entonces, tanto que ni la tierra parece la misma. El desierto de Gaila era bosque y el paraíso llamado Ehsrab una tierra inhóspita y hostil llena de las más horrendas y mortíferas criaturas que jamás han habitado el mundo: los demonios. Tan solo la ciudad de Gemma conserva hoy su nombre y parte de su antiguo esplendor, claro que por aquel entonces no era una ciudad, sino un reino.

Becna y su familia vivían en las afueras, cerca de la costa. Pertenecían a una comunidad humilde pero orgullosa de su tradición, que nada tenía que temer del mundo. Salvo, quizás, la guerra. Esta significaba mucho más que casas quemadas, posesiones robadas o carnicerías sin sentido. De eso hubo, pero cuando el reino de Gemma perdió las tierras adyacentes al río Aare toda la familia de Becna pasó a pertenecer a un nuevo señor feudal al que no le gustaba nada el pescado.

En aquellos días, que tu señor detestara tu trabajo te hacía prescindible en sus tierras. Los que servían para trabajar eran vendidos como esclavos, y los que usados como abono de cultivo. Aunque, bueno, tal vez este aspecto de la vida no haya cambiado tanto con el paso del tiempo.

Becna no volvió a saber nada de su familia, ni de sí mismo. A veces sus días eran una sucesión de horas de trabajo sin mayor pena ni gloria, otras deseó que lo mataran para que la tortura terminase de una vez por todas.

—Parece bastante sano, ¿por qué lo vendes?

Un esclavo no era nadie, ni siquiera un algo.

—A mi mujer le da miedo, y ya no responde al látigo.

—¿Un rebelde?

—No.

—¿Y para qué usas el látigo si no es…? ¡Da igual, no respondas! Te lo compro.

No importaba quien o cómo fuese su nuevo dueño. En cuanto notó que tiraban de la cadena que rodeaba su cuello empezó a caminar sin más.

—¿Otra vez, cariño? ¿Cuántos más piensas comprar?

Las mujeres esclavistas eran casi peores que los hombres. Si se las miraba el castigo estaba asegurado, ya fuese de su parte o de la de su marido, y si eran ellas las que se fijaban en uno… Entonces, lo mejor era rezar para que estuviese soltera o viuda. Aunque al final siempre había un esposo, padre, tío, hermano o hijo que hacía pagar con creces al esclavo por las correrías de la fémina.

—Ninguno más de momento, te lo prometo.

—Pero cariño, míralo; está medio muerto.

Cada vez que escuchaba a la mujer hablar se encogía más sobre sí mismo. Cuanto menos llamara la atención, tanto mejor.

Su nuevo dueño jamás le exigió que realizara ningún trabajo físico; no quería una mula de carga. No lo torturó, ni lo mató de hambre. En cierta medida podría decirse que el esclavo recuperó parte de su antigua libertad. Se le proporcionaba ropa, podía comer en una mesa con otros como él y hasta tenía su propia habitación con cama y sábanas que se cambiaban cada semana. Pero no era más que el número siete en una larga lista de esclavos de aquella casa, y por su número lo llamaban.

Su señor experimentaba con ellos. Les sacaba sangre con un fino instrumento, y a veces les inyectaba extraños sueros. La mayoría de esas veces los distintos experimentos no tenían ningún resultado en los esclavos, sin embargo muy de vez en cuando desaparecía alguno de ellos de un día para otro y sin dar muestras de haber existido nunca. A fin de cuentas eran peones en aquel extraño tablero, fácilmente sustituibles.

—¿Han vuelto a sacarte sangre, Siete?

Asintió a la pregunta de la joven mientras tomaba el cepillo de esta le brindaba y comenzaba a peinarla.

Aquella muchacha de ojos claros y piel oscura era la hija de su señor. Para ella un esclavo no era diferente a una mascota, una especie de perro bípedo capaz de hacer por ella las tareas más engorrosas; como cepillarse el pelo, por ejemplo.

—¿No tienes curiosidad por saber de qué clase de experimento se trata?

Tenía comida, un techo, ropa y cama. ¿Qué más podía pedir? Unos cuantos pinchazos no eran nada en compa-ración con los latigazos que había recibido en el pasado. Meditando sobre ello, lo cierto era que solo una vez había visto sacar el látigo a su amo, y fue por un esclavo que trató de fugarse, así que el castigo estaba justificado. Mientras cumpliesen las normas de la casa y tuvieran cuidado con la señorita, que parecía disfrutar poniendo en peligro sus vidas, no había nada que temer.

—¿Quieres dejarle en paz, Soah?

La joven que acababa de hablar se llamaba Ahsed y era la prima de la señorita. El por qué ninguno de los sirvientes lo tenía muy claro, pero en aquella casa mandaba ella. Su piel era blanca como la nieve, con algunas pecas en las mejillas, y su cabello del color de los rayos de Sol al amanecer. Tenía entendido que sus ojos eran como el cielo de primavera en un día despejado, sin embargo jamás había sido capaz de mirarla cara a cara por miedo a las represalias. Tenía la joven algo casi hipnótico… Fue escuchar una sola vez su voz y ya no pudo sacársela de la cabeza.

—¡Qué muermo eres, prima! —le arrebató el cepillo de las manos a Siete y se marchó.

Miraba al suelo, así que solo era capaz de ver el bajo de su vestido y las puntitas de los pies, que asomaban a través de los pliegues. Llevaba unas sandalias de esparto atadas con lazos celestes.

—Si vuelve a molestarte házmelo saber, ya hemos perdido bastantes esclavos por su culpa— asintió y, sin querer, alzó un poco la mirada—. A ver, levanta otra vez el rostro —lo hizo, pero siguió mirando al suelo—. ¿Es que tengo que decirlo todo? Mírame —era cierto, sus ojos eran del color del cielo primaveral—. ¡Qué color de ojos tan bonito! Me recuerda al mar —ya ni siquiera recordaba cómo eran sus propios ojos y, aunque se le vino a la mente un azul oscuro, lo que más le sorprendió fue que ella estuviese pensando de él lo que él de ella—. ¿Cómo te llamas?

—Siete.

—No, estúpido —sonrió—. ¿Cuál es tu verdadero nombre? Porque tendrás alguno.

Quedó tan hipnotizado por el gesto que habló sin darse cuenta de lo que decía.

—Becna.

—Tienes unos ojos preciosos, Becna. No los ocultes cuando estés en mi presencia —ordenó antes de retirarse.

Aquella fue una distinción de la que no hizo gala hasta bastante tiempo después y, poco a poco, la relación fue a más. Ahsed incluso llegó a arriesgar su posición en aquella familia queriendo comprar a Becna, pero con semejante punto débil los lobos no tardaron en abalanzarse sobre ella.

—Debes de estar de broma —se burló su tía.

—¿Te das cuenta que me estas pidiendo al único esclavo que ha sobrevivido desde los primeros experimentos?

—¡Cariño! No irás a tomarte en serio…

—¡Silencio! —ordenó la verdadera señora de la casa con tono autoritario—. No te digo que detengas tu experimento por completo, tío, solo que lo dejes fuera a él.

Era el suyo un romance de muy pocos roces y furtivas conversaciones. Eran las miradas, los gestos y alguna que otra sonrisa despistada habían sido los desencadenantes de una relación que solo necesitaba de la cercanía del otro para sentirse completa. Pero, aunque Ahsed contaba con la potestad de hacer y deshacer a su antojo, Becna seguía siendo propiedad de su tío.

—Hagamos una cosa: le haré una última prueba. Si el esclavo sigue sin dar muestras de reacción te lo venderé a cambio de la posición en el Consejo que te dejó tu padre.

—¿Y si sufre alguna reacción? —preguntó, casi sin de-tenerse a meditar su propuesta.

—Bueno, en ese caso el experimento habrá demostrado ser un verdadero éxito, ¿no te parece?

Aquello divirtió a su esposa y a la boba de su hija, pero sobre todo molestó a su sobrina.

—¿Por qué retrasarlo más? ¿Quieres mi posición en el Consejo? ¡Tómala, es tuya! Pero dame al esclavo.

—Mi querida niña, no tengo nada contra Siete…

—Becna —lo corrigió.

—Como se llame. No tengo nada contra él, sin embargo tu cara de sufrimiento no tiene precio.

Aquel había sido el pacto que había hecho con su tío y así se lo había transmitido a Becna.

—Se está vengando de mí porque me opuse a ese experimento suyo.

—¿Vas a comprarme?

La quería, de eso no tenía dudas, y sabía que ella sentía algo por él, porque le prestaba demasiada atención para tratarse de un simple esclavo. Sin embargo que lo comprara era tratarlo como el objeto que el resto pensaba que era.

—Es la única forma que tengo de devolverte tu libertad —le explicó ella—. Aunque aún no tengo muy claro que no vayas a aprovecharte de mí y abandonarme —se abrazó a sí misma mientras hacía aquella broma.

Aunque él no estaba para bromas, todavía le costaba creerse lo que estaba pasando.

—¿Renunciarías a tu posición por mí?

—¡Bobo! Ya lo he hecho —retiró la mirada sonrojada, porque era algo orgullosa.

—Pero yo no tengo nada que ofrecerte…

Antes de que pudiese añadir nada más ella cambió de tema.

—He oído que tratan de poblar Ehsrab y que darán tierras a aquellos que se establezcan permanentemente. Bueno, yo preferiría ir más al norte: nunca he vito la nieve, ¿y tú? Podríamos empezar de cero en un nuevo lugar donde no nos conociera nadie… Si tú quieres, claro.

¿Si él quería? ¡Claro que quería! Era lo que más deseaba del mundo. Sintió el impulso de levantarse, acortar la distancia que los separaba y abrazarla, aunque aún no era libre para hacer algo como aquello. Si por casualidad alguien entraba y los veía juntos…

—Solo una prueba más, ¿verdad? —no pudo evitar sonreír.

Ni siquiera sabía aun para qué era el dichoso experimento, pero si antes le había importado poco ya ni siquiera pensaba en él. Un pinchazo, y a la mañana siguiente sería de nuevo libre. Y Ahsed… Lo mejor de todo era que ella se iría con él.

Y en teoría todo debería haber sido así, salvo que aquella mañana el experimento tuvo éxito. Poco después de que lo pincharan la sangre empezó a hervirle y todo le dio vueltas.

—¿¡Qué le está pasando!?

Ahsed lloraba angustiada pero es que él no podía hacer nada. Su corazón latía muy rápido. Necesitaba moverse, echar a correr, y al mismo tiempo sentía que le faltaban las fuerzas para respirar.

—Quería que lo vieras con tus propios ojos, mi niña: hace dos días que completamos la fórmula. Creo que a este lo llamaremos «*Luyoe*».

¿De qué estaban hablando? No podía oírles bien. Era como si toda su piel se le hubiese quemado, como si todo su ser fuese una llaga. El dolor era insoportable. ¿Por qué hacía tanto calor? Su cuerpo ya no era suyo. Necesitaba deshacerse de toda esa presión, descargar toda aquella ira que había estado conteniendo. ¡Qué calor! ¿Por qué hacía tanto calor allí?

—¡¡Becna!!

¿Ahsed? ¿Dónde estaba? Habían prometido irse juntos al norte, donde podrían empezar de cero, donde nadie los conocía. Tenía que ir allí, pero… ¿Dónde estaba su amo? ¿Y la casa? ¿Cómo había llegado hasta allí? ¡Ah, sí, el norte! Debía ponerse en marcha cuanto antes. El norte… Ahsed y él empezarían de cero, la llevaría a ver la nieve en el norte. Norte. Norte.

EL PUNTO DE INFLEXIÓN

uería seguir durmiendo, pero el dolor de cabeza era insoportable. ¡Menuda resaca! Normal, si es que la última vez que se emborrachó fue hace más de dos años, antes de conocer a Kirt. ¡Qué dolor! ¡Y vaya con el sueño! Bastante penosa era ya su vida romántica como para soñar con las penurias de otro. ¿Por qué habría soñado con el pasado de Luyoe, o Becna, o comoquiera-que-se-llamase? No, si al final iba a ser todo culpa suya, por intentar ser amable e interesarse por su historia. ¿Para qué preguntaría nada? ¡No tenía remedio! Ahora tendría que pedirle al pelirrojo que le contara el resto de la historia o no podría quedarse tranquilo.

A todo esto, ¿dónde estaba? Trató de incorporarse, y su pierna no tardó en recordarle que estaba rota. Hubo de conformarse con mirar desde su posición actual a su entorno. No tardó en reconocer los ladrillos de la torre, aunque no sabía cómo había llegado hasta allí, y también reconoció a una familiar figura durmiendo en la cama de al lado. ¿Cuándo y cómo se había hecho Kirt aquellas quemaduras?

—¡Hey, amigo! —hasta su propia voz era una tortura para su cabeza—. Despierta, por favor: necesito ayuda urgente —tenía que ir al baño pero no podía incorporarse solo.

—Al fin despiertas —apareció un segundo Kirt por la puerta.

¿Seguía soñando? La última vez que bebió tanto no tuvo alucinaciones como aquellas, o eso creía. ¿Qué demonios tendría la cerveza de esa taberna? ¡Si antes nunca le había pasado nada cuando la bebía!

Miró de nuevo al Kirt inconsciente y, de pronto, ya no le pareció que fuese su peculiar amigo. En fin, seguían pareciéndose, pero ahora que había aparecido el segundo, el de la cama parecía más… más elegante. Quemado y des-peinado, pero con una figura más fina, más noble. ¿Se puede saber qué estaba pensando?

—¿Sigo borracho? —preguntó en voz alta.

—No me extrañaría —asintió el muchacho, que acababa de entrar por la puerta, mientras se acercaba a él—. Pero si lo que te preocupa es estar viendo doble, deja que te diga que ese de ahí —señaló al Kirt inconsciente —es Eltos.

—¿Quién? —la cabeza le dolía una barbaridad—. ¿Es que tienes que hablar tanto? —el muchacho aún no le había respondido, aunque el dolor era tal que parecía que lo hubiese hecho, y a gritos.

—Si no te gusta la resaca no haberte emborrachado —le dio un par de palmaditas en la mejilla a modo de burla antes de ayudarle a incorporarse—. ¡Cómo pesas! Te acercaré hasta el baño, pero del resto te encargas tú solito, ¿vale?

—Sí, sí, lo que tú digas —no recordaba haberle dicho lo que necesitaba sin embargo, en su estado, podía haberlo hecho sin darse cuenta—. Pero cállate ya, por favor.

Para su desgracia y desesperación el muchacho no le hizo caso, pues tenía que ponerle al día de lo que se había perdido.

En aquellos momentos Golondrina y Luyoe cavaban una zanja a cierta distancia de la torre. El Shuc-la que habían tomado como rehén no despertaba, y a cada minuto que pasaba estaba más débil. A aquellas alturas solo la magia de un Quaz podría salvarlo, y ellos tenían uno muy cerca, solo que también se estaba muriendo. Parecía que el destino se estuviese burlando de ellos: tenían todo lo que necesitaban al alcance de las manos, pero no podían usarlo.

—Os traigo un poco de agua —se acercó Hiedra a ellos.

—Gracias —el pelirrojo clavó la pala en la tierra y de sacudió las manos en las perneras del pantalón antes de coger el cazo que la chica le ofrecía y tragarse de un buche el agua que contenía: hubo de rellenarlo un par de veces en el cubo que Hiedra transportaba antes de saciarse.

No cavaban por amor al arte: pensaban en crear un estanque, tal vez un lago. Kirt les había dado a entender que podrían sanar al Quaz si lo sumergían, y no tardaron mucho en ponerse manos a la obra.

—¿Tú no bebes? —se refería claramente a Golondrina.

A la Shuc-la le preocupaba más terminar el trabajo antes de que el tal Eltos muriera que sufrir un poco de sed. La pieza clave de su plan era la cantimplora que Kirt decía haber recuperado, la misma que en su día rellenaron con los fluidos del Señor del Clima Shinyuo. Si estaban en lo cierto, y aquella era la misma cantimplora de aquel entonces, su contenido se convertiría en una gran masa de agua nada más entrara en contacto con un clima tan seco como aquel, aunque si se equivocaban necesitarían un milagro para crear un mísero char-co. Estaban, después de todo, en la estación más calurosa del año.

Al principio pensaron en cubrir al Quaz con vendas húmedas, y durante unos minutos pareció funcionar, pero lo cierto era que su vendaje se secaba poco después de ponérselo y su cuerpo respondía muy lentamente a ese tratamiento. Necesitaba más agua, muchísima más.

—¿Ya te has hecho a la idea? —en lugar de beber se echó el agua por encima de la cabeza y en la nuca.

La noche anterior, antes de que se decidiesen a cavar la zanja, Golondrina puso al corriente a todos de la verdadera situación de Eltos y de Lys. Por supuesto, a la que más le costó aceptarlo fue a Hiedra.

—No te entiendo, ¿qué les pasa? —preguntó Rull mientras el muchacho lo ayudaba a regresar a la cama—. ¿Y dónde están Pantera y Roka? —tal vez fuera por el constante martilleo de palabras de su amigo, porque ya no le dolía tanto la cabeza como cuando despertó.

—Todo a su debido tiempo: deja que acabe de contar-te la historia.

El Quaz había utilizado su magia dos años atrás para devolverle la vida a Lys. Podría decirse, incluso, que compartían un mismo corazón, pero en realidad aquella chiquilla era el seguro de vida del Dragón de Agua; de modo que si a él le pasaba algo solo tenía que recuperar la vida que en su día había prestado para recuperarse.

—Por eso regresó a la torre —comentó Rull, que conocía parte de la historia mucho antes de que Kirt se la relatase—. Sin embargo… la niña sigue viva. ¡Y ojo que es una observación! No le deseo ningún mal a la pobre —poco a poco su dolor de cabeza iba menguando y lograba centrar sus pensamientos, aunque con mucho esfuerzo.

Puede que el Quaz hubiese ido con aquellas intenciones tras la pista de Lys, pero a la hora de la verdad no fue capaz de dañar a la criatura a la que en su día salvó.

—Según Golondrina debería haber tomado la vida de la cría y recuperarse, porque si él muere Lys lo hará también.

—¿Os importa si os hago compañía? —se acercó a ellos Mostaz.

Seguía con un ojo morado, cojeaba y, a juzgar por cómo se sujetaba el costado, tenía al menos una costilla rota.

—¡Anda, que estás hecho un pincel! ¿Se puede saber qué te ha pasado?

—Ahora iba a contártelo, resulta que…

—¿Y tú, te has mirado al espejo? —lo interrumpió el Shuc-a dirigiéndose al de la pierna rota—. ¡Menudas pintas tienes! —rio, lo que a su vez le provocó un gran dolor en el costado.

Para sus adentros, Kirt tuvo que reconocer que envidiaba a su tullido amigo, que nunca había querido formar parte de ese grupo y que sin embargo era como el cemento entre los ladrillos. Era capaz de desviar la atención de Golondrina cuando esta se enfadaba, ganar tiempo para que el muchacho pensase un plan de acción, o hacer reír al tímido Mostaz. Pese a que a menudo se burlasen de él haciendo oídos sordos a lo que decía, Rull tenía la habilidad de convertirse en el centro de atención de donde se encontrara sin mayor esfuerzo, y que quitar peso a una situación como aquella.

—Esperad un momento —dijo Rull cuando ya estuvo al día de casi todo—, ¿se puede saber por qué no estamos yendo tras la pista de esos Odbas?

—Porque los únicos que podríamos viajar en este momento somos Golondrina, ese tal Luyoe y yo —observó Kirt—. Bueno, y Hiedra también si me apuras.

—Ella volverá con su familia tarde o temprano —observó Mostaz.

—Es probable —asintió el joven.

—¡Basta! —estalló Rull—. ¿Me estáis diciendo que no vamos a rescatar a Pantera ni al pequeño Roka? ¿Dónde está Golondrina? Esto no puede dejarse para… —hizo ademán de levantarse pero los otros dos se aseguraron de que permaneciese recostado.

—A estas alturas deben estar ya en Norde, si no es las proximidades, y eso si iban hacia allí. En el mejor de los casos los encontraríamos en su tierra natal, ¿cómo vamos a enfrentarnos a todo un pueblo de Odbas? —Mostaz era casi tan práctico como Kirt, aunque puede que haber sufrido en sus carnes lo que era estar en desventaja le hubiese predispuesto para evitar cualquier conflicto con aquel pueblo.

—Además, Golondrina quiere interrogar a… ¿Cómo decías que se llamaba?

—Dudo.

—Eso mismo.

—¿Vais a darle más importancia a su venganza que a su familia? ¡Por todos los…! ¡Maldito viejo! ¡Dos años muer-to y no nos libramos de su sombra! Sería mucho mejor tratar de evitar…

—Cálmate, Rull. Pienso igual que tú, que deberíamos ir tras los Odbas, y creo que Mostaz también está de acuerdo con nosotros —el aludido asintió, aunque no de inmediato—, pero mientras Golondrina consigue su información lo que debes hacer es recuperarte y estar preparado. Porque cuando decidamos qué hacer será un todo o nada.

—¿A qué te refieres?

También el Shuc-la lo miró sin comprender.

—Lo creáis o no Golondrina está confusa: no sabe qué hacer. Mientras no tengamos información sobre el paradero de Aniki pueden pasar dos cosas, o que permanezca indecisa o que decida ir tras los Odbas, pero ya os digo yo que no se decidirá así como así a abandonar su venganza. Sin embargo, suponed que logramos la información que necesita: si decide ir tras Aniki puede que sea demasiado tarde para Pantera y Roka, y si vamos a rescatarles es posible que no volvamos a saber nada sobre los Shuc-las renegados en mucho tiempo. No es una elección fácil para ella.

—Podríamos dividirnos —sugirió Mostaz.

—No, para ella eso no es una opción —fue Rull el que dijo aquello—. En ti no confía, Kirt no sabe luchar y a mí no me cree. No nos considera compañeros, sino un lastre y no creo que del necesario. Así que dudo que cuente con nosotros a la hora de tomar una decisión.

—Y todavía nos quedaría qué hacer con el Señorito del Clima, el Quaz, el rehén y la niña. Y eso suponiendo que Hiedra se vaya, claro.

Mientras Kirt se preguntaba cómo era que aquel grupo había crecido tanto en tan poco tiempo, un cazo de madera voló hasta dar con su cabeza.

—Yo sin Eltos no me voy —declaró la aludida, muy orgullosa de su lanzamiento.

15
LA ENREDADERA Y EL DRAGÓN

ltos no era humano, no del todo al menos. Al principio le costó digerir aquello, pero el trauma ya estaba superado. O eso trataba de decirse a sí misma, porque lo cierto era que le costaba pensar en los sucesos de los últimos días como algo real. De hecho, si no fuera porque se creía incapaz de imaginar aquello, casi pensaría que todo era producto de un sueño.

—Entonces, el Quaz se está muriendo, ¿no?

Kirt, el muchacho idéntico a Eltos, solía referirse a su gemelo de otra madre como *«Quaz»* o *«Dragón de Agua»*. Hiedra no sabía por qué, aunque no necesitó ser un cerebrito para relacionar aquellos nombres con esa otra forma que adoptaba el que una vez creyó que se acabaría convirtiendo en su futuro marido. Ahora no tenía tan claro que aquello fuese a suceder.

—Así es —asintió la mujer alta y morena.

Solo verla la ponía de los nervios, y lo peor de todo era no saber por qué le pasaba aquello.

—No lo entiendo. Dijiste que vino aquí para recuperar la vida que le dio a la niña, ¿no es suficiente con eso?

No pudo soportarlo más.

—¡Lys está bien, se recuperará, y Eltos también! —aseguró.

—Sabes que no es así —habló de nuevo la detestable mujer—. No sé sus motivos, pero el Quaz no quiso matar a la cría, así que dudo que logre recuperarse por sus propios medios.

—¿Y si curamos a la niña? —propuso la nueva incorporación de aquel variopinto grupo; un hombretón de piel bronceada, cabello anaranjado y ojos del color del cielo nocturno.

—No serviría —insistió la tal Golondrina—. La salud de ambos depende de la del Quaz; no al revés.

—Esto no tiene ningún sentido. ¿Por qué le perdonó la vida a Lys si haciéndolo los estaba sentenciando a muerte a ambos?

Se había sentido perdida durante casi toda la conversación, sin embargo viéndoles tan perdidos cuando la res-puesta era tan sencilla casi le provocó risa.

—Eltos quiere a Lys, jamás le haría daño.

Las vivencias de los últimos días habían tensado varias cuerdas en el interior de Hiedra, y al expresar sus pensamientos en voz alta estas se rompieron. Quería al hombre del que se había enamorado sin embargo, no bastando con ser este una ilusión, pues estaba descubriendo que en realidad no le conocía, además la había rechazado. Y por si fuera poco, estaba encaprichado de una niña de poco más de dos años. ¡Qué asco!

—Siento sonar insensible, pero si no podemos hacer nada por el tal Eltos, ¿por qué estamos hablando de él?

No podía llorar. Alguien capaz de enamorarse de una cría de dos años no merecía sus lágrimas, sino su desprecio.

—Porque necesitamos de su poder para sanar a Dudo —explicó Kirt.

—¿Quién?

—El rehén —intervino Mostaz en la conversación.

¿Merecía realmente su desprecio? Había asumido que Eltos se había encaprichado de alguna forma de la pequeña Lys, ¿pero era su amor por la niña distinto al de un padre por su hija? Si lo era, entonces aquel ser era tan asqueroso y despreciable como su forma de reptil, sin embargo nada parecía indicar que el Quaz, como allí lo llamaban, sintiese por la cría nada fuera del común afecto paternal. ¿Eran, pues, sus celos los que la habían llenado de asco y resentimiento?

—¿Y cómo pensáis curarle? Porque acabáis de decir que se está muriendo —les recordó el pelirrojo.

Siempre había sentido celos de Lys, de que fuese ella el centro de la vida de Eltos y no el apéndice que debía ser. ¿Podían ser esos celos los que la habían empujado a detestar a su antiguo amado? Quería creer que sí pero, lo cierto era que cuando surgió la pregunta sobre por qué Eltos hacía lo que hacía para con la niña, lo que su instinto le dijo poco tenía que ver con el afecto padre-hija. ¡Se sentía tan confusa!

—Puede que yo tenga la solución para eso.

Miró a Kirt, que era el que había hablado. ¿Por qué lo confundiría con Eltos? Su parecido era más que evidente, sin embargo aquel muchacho tenía una mirada muy distinta: oscura y curiosa, como la de un pájaro buscando siempre respuestas, nada que ver con el verde bosque de los ojos del Quaz, como allí lo llamaban.

—Explícate.

—Lo que necesitamos es humedecerlo. Los Dragones de Agua son criaturas acuáticas a fin de cuentas, aunque este haya podido sobrevivir fuera del agua. Pero creo que no bastará con gasas húmedas o con tirarle varios cubos de agua encima: hay que sumergirlo.

—¡Se ahogará! —exclamó Hiedra.

—No, no lo hará —respondió Golondrina—. Sigue, Kirt.

—¿Recuerdas aquella ocasión en la que me llevaste a conocer a Shinyuo? No estoy seguro, pero creo que he recuperado la cantimplora.

La mayoría lo miró sin comprender una sola palabra. Únicamente a la mujer de gélida mirada se le iluminó el rostro.

—¿La tienes ahí?

El muchacho se retiró un momento y volvió con una vieja cantimplora.

—Estoy casi seguro de que es la mía —dijo.

Golondrina cogió el objeto y trató de abrirlo sin forzarlo, lo que resultó del todo improductivo.

—Será mejor no abrirla aquí. Si es lo que dices —miró al joven propietario del objeto —tendremos agua suficiente para crear un lago.

De repente, Mostaz abrió los ojos como si acabara de descubrir el secreto tras los misterios del mundo.

—¿Ahí dentro hay fluidos de Shinyuo?

—Es posible. Ha pasado mucho tiempo desde que se recogió, y esta podría no ser la cantimplora de entonces.

—¡No entiendo nada! —angustiada, no pudo contener sus lágrimas por más tiempo—. ¿Qué les pasa? ¿¡Y qué es esa cantimplora!?

—Cálmate, Hiedra…

—¡¡No me digas que me calme!! —como si aquello fuese a solucionar algo.

Había muchos sentimientos mezclados en aquel llanto: miedo, angustia, dolor… ¿Nadie se daba cuenta de que año-raba a su familia? No les había visto desde que la montaña estalló y aun con la perspectiva de que podían necesitarla, había decidido seguir cuidando de Lys y esperar a Eltos. ¡Y encima este no era humano! ¿Es que a nadie más le asustaba aquella serpiente gigante con patas? Porque ella todavía necesitaba coger aire antes de entrar en la habitación de los enfermos por si Eltos había vuelto a cambiar de aspecto.

—Todo se va a arreglar, no te preocupes —para sorpresa de todos, fue el pelirrojo el que se desplazó hasta donde estaba la joven y la abrazó para consolarla; a Mostaz no le había dado tiempo.

—¿Cómo? ¿Cómo se va a arreglar?

Le explicaron lo que pensaban hacer con el contenido de la cantimplora, y la verdad: no quedó convencida por aquel plan. Había muchas cuestiones que quedaban sin resolver, como por ejemplo qué hacer si la cantimplora no era la que ellos creían. Sin embargo, y a falta de una mejor idea, decidió colaborar. Al menos hasta que a la mañana siguiente escuchó a Kirt hablando con Mostaz y alguien más acerca de su próxima partida.

—Yo sin Eltos no me voy —declaró tras lanzarle el cazo de madera al muchacho que tanto se parecía al Quaz.

—Nadie te está echando, Hiedra —le aseguró el más joven de los dos rubios, con las manos levantadas señaladas en son de paz.

—¿Estás bien, amigo? —pese a su aparente preocupación, el lisiado no pudo evitar una sonrisa a causa de la escena.

—Sí que me estáis echando, o al menos queréis hacer-lo. Pero yo sin Eltos no me voy —repitió, empeñada en cumplir su palabra como la cabezota que era.

En realidad seguía confusa acerca de sus propios sentimientos. Aunque en esos momentos la asustaba más el hecho de viajar sola que el de dejar a Eltos y a Lys atrás.

—No, bruta, no —gruñó, malhumorado, Kirt—. Lo que intento con todo esto es ganar tiempo —dijo mientras se tocaba la zona dolorida.

—¿Tiempo? —preguntó confusa.

—Creo que ya lo entiendo —aseguró Mostaz.

—Pues yo no —dijo el inválido—. ¿Os importaría explicar-melo?

—Fue mientras íbamos a buscaros a ese Señor del Clima y a ti que se me ocurrió. Pensé que era raro que el Shuc-la no hubiese despertado aun y luego recordé que el Quaz tenía grandes dotes curativas...

—No te enrolles, Kirt —rogó el tal Rull.

—Ya os lo dije antes: Golondrina está confusa, no se decide entre ir primero a por su venganza o a rescatar a Pantera y a Roka.

Así que la convencí para que cavara la zanja con el fin de crear un lago en el que sumergir al Quaz, y así daros tiempo para recuperaros.

—¡Mentiroso! —en esta ocasión la muchacha se quitó los zapatos para lanzárselos uno detrás de otro.

—¡Hey, cuidado! —se quejó el inválido por el zapatazo que recibió muy cerca de su pierna herida.

Con el cazo la muchacha había acertado a la primera, pero ahora su objetivo estaba advertido y esquivaba los golpes cuando podía.

—¡Dijiste que Eltos mejoraría! —cuando terminó con los zapatos empezó a lanzarle todo lo que se puso a su alcance.

—¡Y lo hará! —aseguró el aludido, de nuevo alcanzado—. Pero necesita tiempo: todos lo necesitamos. Y también Golondrina, o tomará una decisión de la que se arrepentirá.

—Suena a amenaza —se burló Rull—, pero estoy de acuerdo contigo y colaboraré en lo que pueda.

—¡Pero si no te puedes mover! —rió Mostaz.

—¡¡A mí esa mujer me da igual!! —exclamó furiosa la muchacha—. Solo me importan Eltos y Lys —a punto estuvo de lanzar otra cosa.

—Ya te he dicho que se curarán —aseguró Kirt, ya prevenido del posible lanzamiento.

—¿¡Cómo!? Si lo de la cantimplora es una farsa, ¿cómo van a curarse?

—¡Basta ya, Hiedra! —se quejó también Mostaz después de ser acertado por un trozo de madera, que ni siquiera debería estar allí.

—¡Dime cómo!

—¡Por el amor de…! Si lo de la cantimplora no funciona, pues prepararemos una bañera. Será más pequeño, pero debería funcionar igual.

—¿Y por qué no propusiste eso primero? —Hiedra lo culpaba del estado de Eltos, y con razón, de haber preparado esa bañera ya podría estar curado.

Un ruido extraño llegó hasta ellos.

—¿Es lo que creo que es? —preguntó Rull.

Kirt se precipitó en pos de la ventana dejando a la muchacha con la palabra en la boca, sin embargo se detuvo mucho antes de llegar a su destino por miedo a caerse.

—No puede ser…

Su plan para ganar tiempo había fracasado, aunque ahora tenían un lago enorme casi al pie de la torre con el que solucionar sus problemas para obtener agua. ¡Menudo consuelo!

16
El Poder de un Quaz

No era posible que hubiesen terminado tan pronto. No con el tamaño que tenía aquella laguna artificial. ¿O sí lo era? Golondrina se había tomado en serio lo de terminar aquello rápidamente, pero es que no habían tardado ni un solo día.

—¿Qué ocurre, Kirt?

Mostaz se movió para ir hasta donde estaba el mu-chacho, y contempló la obra con la misma sorpresa que su amigo.

—Vamos a tener que pensar en otra forma de ganar tiempo —susurró para sí mismo Kirt.

—¡Es magia! —exclamó Hiedra, que también se había hacercado.

—No, magia no —ambos jóvenes resoplaron—. Deberíamos ir preparando al Quaz para cuando Golondrina venga a buscarlo —a lo cual el Shuc-la asintió.

Y así volvieron con Rull, algo cabizbajos, pues ahora todo dependía de lo rápida que fuese la recuperación de Eltos.

—¿Y si comemos? —propuso el tullido, y no porque tuviese hambre.

—Traeré la sopa —se ofreció la muchacha.

—¿Sopa otra vez? —muy harto debía estar Mostaz para que se quejara por el menú.

—¿Qué quieres? Solo hay avíos de sopa en esta conde-nada torre —le respondió Hiedra.

El Shuc-la suspiró y tomó asiento a los pies de la cama de Rull, no sin antes retirar uno de los muchos objetos que la joven había lanzado. En cuanto a Kirt, este empezó a ser consciente de la necesidad de tener más recursos con los que abastecer a la crecida población de su hogar en cuanto Mostaz se quejó. El problema era que tendría que dejar aparcado ese asunto hasta haber resuelto el tema que tenían entre manos.

—Oye, Kirt, ¿me ayudas a ir al baño?

—Acabas de ir —le objetó.

Aunque lo llamaban baño, aquello solo era un pequeño cuarto con una escupidera, un espejo y un tubo con agua.

—Ya lo sé, pero quiero afeitarme y adecentarme un poco antes de que llegue Golondrina.

—Fue ella la que te trajo aquí cuando estabas inconsciente; no creo que se escandalice por verte tal y como estás ahora.

—Aguafiestas —chasqueó la lengua el tullido.

—Admiro tu perseverancia —confesó Mostaz.

Supieron que el muchacho lo decía en serio por su tono: el pobre estaba tan acostumbrado a que lo infravaloraran que tendía a rendirse fácilmente. Y su derrota frente a los invasores no había hecho más que hundirle en aquel mar de inseguridades.

—Escúchame, Mostaz, la constancia no es… —Rull nunca llegó a dar su consejo, si es que era tal, porque en ese momento irrumpió Golondrina en la habitación—. ¡Qué honor que vengas a…! —Kirt le asestó tal golpe en la pierna herida que le hizo gritar de dolor y solo pudo tratar de contener las lágrimas.

—Comamos primero, Golondrina. Luego pondremos a Eltos en remojo —propuso el cerebro del grupo.

—Prefiero que se hidrate primero —fue todo lo que dijo la mujer.

Se dirigió hacia el Quaz y lo cogió en brazos. Ninguno trató de detenerla, ni de retrasarla de nuevo, pues habría sido igual a darse golpes contra una pared.

—¿Se puede saber a qué ha venido ese golpe de antes?

Rull parecía no recordar la escena de la taberna, y casi era mejor así. Conociendo a Golondrina, no se lo perdonaría fácilmente, así que era preferible dejar pasar el tiempo antes de exponerla de nuevo a las tonterías del tullido pretendiente.

—Mejor que te pegue yo a que lo haga ella —fue la respuesta del muchacho.

—¡¡No!!

Escucharon el grito de Hiedra junto con un gran golpe en el suelo, y los que podían no tardaron en precipitarse en pos de la puerta para salir al encuentro, y puede que al auxilio, de la joven. Curiosamente, y pese a estar malherido, fue Mostaz el primero en llegar.

—¿Qué ha pasado? ¿Estás bien?

La olla de sopa estaba en el suelo, y parte de su con-tenido también. Por fortuna había caído de pie y la mayor parte de la comida seguía estando dentro del cacharro.

—¡Esa loca se ha tirado por la ventana llevando a Eltos en brazos!

«Esa loca» debía ser Golondrina.

—Te aseguro que están bien, Hiedra —dijo Kirt.

—¿*«Bien»*? ¿Cómo que *«bien»*? ¿Es que en esta casa tiene que hacerse siempre lo que diga esa loca? ¿¡Por qué ninguno ha intentado detenerla!?

—Que conste que a mí no me han dejado intentarlo —exclamó Rull desde la habitación.

La intervención de su amigo no hizo sino poner más nerviosa a la histérica muchacha, cuya tez pasó a ser de color rojo.

—Hiedra, de verdad que están bien. Golondrina ha saltado mil veces por esa ventana, y con cosas mucho más pesadas que Eltos.

—¿Y tú permites que haga semejante locura?

A la joven no le faltaba razón: el único que ponía pegas a la forma de actuar de la Shuc-la era Rull, y con pésimos resultados. El resto, simplemente, hacían la vista gorda a los pequeños riesgos que Golondrina corría a diario.

—¿Quieres que vaya contigo y veamos sí está bien con nuestros propios ojos? —le preguntó Mostaz a la muchacha.

Ella lo miró con sus grandes ojos verdes, muy bonitos según la opinión general, y asintió con timidez. Aunque pronto volvió a ser ella misma.

—¡Tú no puedes bajar!

Cierto, el ascensor de poleas estaba roto y la única forma de bajar era usando la escalera. Ejercicio que ni Rull ni Mostaz debían hacer de momento.

—Yo iré contigo —se ofreció Kirt.

¿Qué había sido aquello? Durante un instante le había parecido sentir la mirada fija del Shuc-la en él, exactamente igual que cuando Golondrina se enfadaba. ¿Podía ser que Mostaz…? No, lo más seguro era que… Esto… Vaya, no podía explicarlo. No sabía por qué su amigo se había ofendido: él solo trataba de ayudar.

—¿Vamos o no? —lo apremió Hiedra.

De momento era mejor dejar a un lado aquellos pensamientos. Debía centrarse en Golondrina y tramar un plan con el que, en el peor de los casos, lograr convencerla de que fueran a por Pantera y su hijo, y no tras la venganza de la Shuc-la.

—Esto es magia, tiene que serlo —volvió a decir la joven cuando llegaron abajo.

En verdad, el escenario había cambiado mucho. No solo había aparecido un gran lago, sino que la vegetación había empezado a crecer rápida y progresivamente alrededor de este. Era como si al bajar la escalera hubiesen llegado a otro mundo.

—Están allí —señaló a Golondrina y al supuesto Señor del Clima, que contemplaba el escenario casi tan asombrado como la propia Hiedra.

Kirt, en cambio, trataba de no dejarse sorprender por aquel repentino verdor. No tenía forma de demostrarlo, pe-ro su instinto le decía que sin más ríos cercanos y con aquel calor, ese paisaje no permanecería así por mucho tiempo. ¿O tal vez sí?

—¿Dónde está Eltos? —preguntó la muchacha casi antes de alcanzar a los creadores de aquel lago.

Golondrina señaló el agua sin decir palabra, y Hiedra casi puso el grito en el cielo cuando vio la figura de un hombre sumergida en el lago. Sin embargo, poco tardó aquella sombra en dejar de parecer humana y alargarse cual serpiente marina: el Quaz volvía a lucir como tal, y las aguas empezaron a vibrar, y también a hervir.

—¿Esto debía pasar? —Kirt no quería preocupar a la muchacha, solo tenía curiosidad.

—No lo sé —dijo la Shuc-la.

—Si es un bicho acuático, ¿no debería moverse? —continuó el tal Luyoe.

Fue pronunciar aquellas palabras y la criatura emergió parcialmente del agua. Solo podían verle el rostro, pero con eso bastaba para darse cuenta que se trataba del mismo que una vez conocieron en Lagos. Con su cabello verdoso, sus orejas largas y caídas hacia atrás, y aquellos ojos del color del más frondoso bosque. De no ser por aquella gama de colores tan inusual y su sombra alargada en el agua casi parecería humano.

—Mide tus palabras, Señor del Clima, no soy ningún *«bicho»*.

No se parecía a Kirt, ni tampoco al Eltos que Hiedra conocía.

—¿Quién eres tú, y dónde está Eltos?

—Eltos soy yo —habló el Dragón de Agua.

La sorpresa de la joven no era de extrañar. Aunque humanoide, aquel hombre de tres párpados y cabellos ver-des no se parecía en nada al hombre que había aparentado ser.

Hiedra no pudo soportar aquello y salió corriendo en dirección a la torre, seguramente llorando, aunque ninguno la siguió para comprobarlo.

—Nos debes la vida, Quaz, y queremos que nos lo pagues sanando a alguien —Golondrina, como siempre, fue al grano.

Al parecer a la criatura no le gustó aquel tono.

—No reconozco tal deuda. Me habéis salvado porque habéis querido, no porque se os haya pedido.

—¡Anda, con el señorito! —exclamó Luyoe—. Po-drías, al me-nos, dar las gracias.

—Si es lo que queréis.

Aquello iba mal, sobre todo porque la mujer estaba empezando a enfadarse.

—¿Tampoco nos debes nada por cuidar de Lys en tu ausencia? —con aquello, Kirt logró captar la atención del Dragón de Agua—. Tengo curiosidad, ¿por qué no tomaste su vida para salvarte? Una vez curado podrías haberle de-vuelto la vida: ya lo hiciste una vez.

Los ojos del Quaz se tornaron amarillos momento-neamente.

—No funciona así.

—En cualquier caso, ¿por qué dejarla vivir si con ello ibas a morir tú, lo que a su vez terminaría matándola a ella? —insistió el joven.

Esta vez la vibración de los ojos vino acompañada con un movimiento del resto de su cuerpo y, poco a poco, la criatura empezó a sumergirse en las aguas.

—Sanaré a quién queráis como agradecimiento por haber cuidado de Lys, pero no responderé esa pregunta. Ahora, necesito descansar.

Pocas cosas había que le molestaran a Kirt tanto como quedarse en ascuas, pero al menos había conseguido su objetivo. No había ganado demasiado tiempo, sin embargo, ¿no había dicho el Quaz que sanaría a quien ellos quisieran? Golondrina solo podía pensar en su rehén, aunque él tenía otros dos candidatos bien dispuestos.

17
EL ÚLTIMO DE SU ESPECIE

ara un joven Quaz nada tiene tanta importancia como el hacerse con un territorio propio, ni siquiera la supervivencia de los suyos, y eso que por aquel entonces ya quedaban muy pocos.

Como las criaturas solitarias que eran, evadían a los de su propia especie salvo en las muy contadas ocasiones en las que una hembra decidía buscar pareja. Eran ellas las que se desplazaban hasta encontrar al macho perfecto con el territorio óptimo, pero esta elección no era siempre acepta-da por ellos. Existía todo un ritual de cortejo en esta especie, que siempre empezaba con una encarnizada batalla. En ella, el macho defendía su territorio ante la invasora, que debía demostrar ser lo suficientemente tenaz como para hacerse con las tierras de él sin matarlo, aunque eso solo pasaba si lo creía merecedor de ser su pareja. Así, si el macho ganaba ella se alejaba, pero si era ella la que se hacía con el territorio debía ser él el que lo abandonara tan pronto como empezase la nidada.

Era la reproducción una elección que no todas las Quaz decidían tomar, pues conllevaba demasiados riesgos. Partiendo de que el combate por el territorio podía ser mor-tal y que el cuidar de las crías recién nacidas resultaba agotador y muchas veces peligroso, lo normal era que una hembra adulta de Dragón de Agua solo realizase un máximo de tres nidadas en toda su vida. Aunque siempre había excepciones.

Aquella hembra, por ejemplo, ni siquiera era de su misma especie. Las decoraciones color coral de sus escamas indicaban que se trataba de una Quaz de agua salada, un raro vestigio del origen de todos los Dragones de Agua. Sin embargo, el macho cuyo territorio había invadido era verdoso, que era un claro indicativo de que vivía en aguas dulces. Un insólito acontecimiento el de aquella invasión.

—¡Márchate! —defendía su territorio con garras y colmillos, pero no lo hacía como iniciación al cortejo sino para defender sus tierras de la invasora que trataba de arrebatárselas.

Ella era, además, mucho mayor que él, y no solo en tamaño. El tono apagado y desprovisto de brillo de sus escamas indicaba que era bastante vieja.

Al contrario que con las hembras humanas, el paso de los años no priva a las Quaz de la posibilidad de experimentar la maternidad, aunque sí la hace más arriesgada. Y, a juzgar por las deformidades de su vientre, aquella hembra había desovado en más de una ocasión, lo que la convertía en una experimentada luchadora.

—Sé razonable: nos estamos extinguiendo.

De querer, la invasora podría haberlo partido por la mitad de un mordisco, pues tales eran las proporciones de tamaño entre uno y otro contrincante. Y pese a todo, era ella la que se estaba llevando los peores golpes.

—¡Fuera!

Una lucha como aquella podía durar días, o solo unos instantes; todo dependía de los combatientes. Así pues, cuando el macho, que no estaba interesado en el cortejo sino en expulsar a la invasora, logró desgarrar la carne del abdomen de la hembra, esta desistió en su empeño y se batió en retirada. Por desgracia nunca llegaría a alejarse demasiado de allí, pues su herida fue letal.

En circunstancias normales, morir de una pelea así, era un riesgo que toda Quaz debía tomar si quería ver sus genes traspasados a la siguiente generación, pero es que la situación por la que aquella especie estaba pasando era del todo menos normal. La mayoría de los cortejos y costumbres pasaron a un segundo plano, e incluso hubo quienes convivieron en pareja para sacar adelante las crías; algo del todo inusual en su especie. Y aun así cada año al menos un Dragón de Agua adulto moría, habiendo cada vez menos retoños para sustituirles. De modo que el que fue vencedor de la lucha por el territorio acabó siendo el perdedor en la lucha por la supervivencia, y no siendo bastante con ello, además tendría que cargar con la culpa de no contribuir en la supervivencia de una especie que acabaría viviendo solo en el recuerdo.

Resulta difícil explicar cómo unas criaturas que prefieren vivir aisladas de sus congéneres son capaces de saber en cada instante cuántos de los suyos quedan vivos y dónde están. Los Shuc-las tienen su famosa conexión mental para este fin, pero los Quaz no. Para ellos nada había más natural que estar solo, pero nunca se sentían así, era como si todos y cada uno de ellos estuviese hecho de lo mismo y esta materia se hubiese dividido hasta crear a los individuos. Podían sentir el nacer y fallecer de los suyos, y no solo eso, también lo que ocurría en el mundo del que formaban parte. Eran como antenas capaces de captarlo todo, y que necesitaban estar separadas unas de otras para funcionar bien.

Poco a poco su número se fue reduciendo. Cada cierto tiempo había algún que otro nacimiento, aunque tan a menudo eran invadidos o explotados sus territorios por los humanos, que casi habría sido mejor no tratar de retrasar lo inevitable: el tiempo de los Quaz tocaba a su fin.

Eltos no esperaba ser el último, ni tampoco quería ser-lo. No era que se sintiese solo, era un Dragón de Agua al fin y al cabo, aunque sí era cierto que aquel mundo de sensaciones que caracterizaba a los suyos desapareció en cuanto solo quedó él. Empezó, entonces, a crecer en él un profundo miedo a la inexistencia; a lo que sería de él y del recuerdo de los suyos cuando ya no estuviera en el mundo. Tal vez fuera por esta creciente inquietud que decidió concederle su deseo a aquella humana y salvar a su cría entregándole parte de su vida.

Aquella cosita rosada era como un seguro. Una especie de propagación de sí mismo que, sin ser un Quaz, era capaz de transmitirle sensaciones parecidas a las que había perdido y el sonido de otro corazón como el suyo latiendo en el mundo. No era una cría de su especie, y nunca lo sería, de hecho necesitaba muchísimas más atenciones y cuidados que un bebé Dragón. Pero era mejor así; sin discusiones por el territorio ni complicaciones derivadas de su naturaleza. Al menos hasta que Shinyuo fue asesinado.

Eltos estaba convencido de que sin aquel Señor del Clima, Lagos no tardaría en secarse, o peor, puede que otros buscasen gobernar aquella extensión de pantanos y aprovecharan la muerte de la babosa gigante para reclamar sus antiguas tierras. Y no pudo estar más acertado. El problema era a dónde ir con la pequeña y sonrosada cría.

Un Quaz puede volar, sí. Por extraño que pueda parecer. Su cuerpo, aunque enorme, es muy ligero e igual que repta por el agua puede aprovechar las corrientes de aire para viajar de una punta a otra del mundo. Sin embargo, este ejercicio, más fácil de implementar por los más jóvenes, requiere de mucha energía y a menudo el Dragón de Agua se ve arrastrado por las corrientes hacia lugares que no esperaba visitar. A veces esto resulta un problema, y otras la oportunidad de encontrar un territorio aun sin ocupar. Bue-no, ahora que solo quedaba él, poco importaba a donde lo arrastraran los vientos siempre y cuando diese con algún lago o río.

En cuanto a la cosita humana, lo cierto es que era torpe e incapaz de sujetarse por sus propios medios a Eltos, que había necesitado crear una especie de bolsa para llevarla de un lado para otro. Además de esto, era como una cría de pájaro, en el sentido de que necesitaba calor constante, y en las alturas eso era algo que el Quaz no podía proporcionarle.

En definitiva, volar no era una opción, y eso, teniendo en cuenta que vivían en un lago, significaba que la única forma de abandonar aquel lugar era a través de la tierra. Algo impensable para un Quaz, un verdadero problema para una criatura que no podía dejar la seguridad del agua sin arriesgar con ello su vida. De hecho, era gracias a las nubes altas y a la húmedas de las capas de aire más alejadas del suelo que los Dragones de Agua podían reptar por el cielo sin secarse, sin embargo lo que para él era una necesidad para la cría humana era una muerte asegurada. Solo podía recurrir a la magia de los suyos.

Lo que hizo no fue nada agradable. Mediante un antiguo conjuro de los de su especie, pues los Quaz podían implementar cierto tipo de magia, o eso decían los humanos, se disfrazó de hombre. Algo de lo más desagradable y degradante, todo sea dicho, pero que le permitió poner los pies en la tierra durante mucho tiempo y sin secarse.

La transmutación lo dejó hecho polvo, y por si su cansancio general no fuese poco, durante varios días fue un verdadero humano con todo lo que ello implicaba: sin magia ni sus expertos sentidos para guiarle por el mundo. Sin embargo, cuando se hubo recuperado descubrió que su común aspecto era algo más que conveniente para su propósito de buscar un nuevo hogar. Los seres humanos de Tatlas eran testarudos y molestos, pero era muy fácil vivir entre ellos pasando desapercibido. Solo tuvo que ponerle un nombre a la cosita rosada, Lys, y dejarse llevar por lo que hacían los demás. Al menos hasta que Saida fue asesinada.

El patrón volvía a repetirse. El Señor del Clima moría y Eltos debía abandonar su tierra y buscar un nuevo hogar: parecía que el mundo lo estuviese castigando por haber con-tribuido a la extinción de su especie.

Durante los dos años que había convivido entre humanos se había contagiado de la forma de ser de estos. No solo su habla había cambiado, también el modo en que miraba a Lys por ejemplo; ya no era la cosita sonrosada, sino su familia. Era todo exasperante, y muy extraño, porque no le gustaba esa nueva faceta de sí mismo y al mismo tiempo no podía dejar de ser así: lo hacía inconscientemente. Todo era diferente, como el modo en que se veía a sí mismo, pues empezó a culparse por no haber colaborado en los intentos de su especie por sobrevivir, e incluso llegó a pensar que el mundo estaría mejor sin una criatura como él. Por su culpa, el tiempo de los Dragones de Agua había terminado.

Fue por ello que accedió a ayudar a las gentes de Tatlas cuando Luyoe enfureció. No porque Hiedra se lo hubiese pedido, o porque se creyera en deuda con ellos, sino porque sería un final mucho más noble de lo que él merecía. Y sin embargo, no pudo evitar querer sacar a Lys de allí; algo ridículo, sobre todo porque la vida de la niña dependía de la suya. Hasta ese momento no se percató de cuán humano se había vuelto. ¡Qué deshonra contagiarse de la forma de ser de otra especie! ¡Y de humanos, además!

Sumergido en las aguas de aquel efímero lago, solo pudo recordar el momento en que se reencontró con la niña: todo lo que había pasado desde que se separó de ella hasta que casi la mata había quedado en el olvido. Ni siquiera estaba seguro de cómo ni por qué dio con ella tan rápida-mente. Cuando su cuerpo llegó al límite empezó a escuchar un latido de un corazón acompasado con el suyo, y una nueva fuerza se apoderó de él. Al principio no podía moverse, pero de alguna forma lo logró, y el inconfundible sonido lo llevó hasta unos pequeños ojos avellana que reflejaron a un monstruo; un monstruo que no merecía vivir.

Decir que no pudo matar a Lys sería una tremenda equivocación, pues al renunciar a la vida estaba también terminando con la de ella. Su problema, que era el porqué de su incapacidad para dar las gracias a sus salvadores, tenía que ver más consigo mismo que con la niña. A ella la apreciaba, sí, como se quiere a una mascota cuyas malas costumbres has empezado a imitar sin querer, pero la pequeña no era influencia suficiente sobre sus actos, aunque sí una creciente debilidad. En cuanto a él, tendría que encontrar el modo de vivir el resto de sus días en paz con lo que había hecho, no había más opciones.

—Ese Shuc-la ya está muerto.

Había aceptado sanar a quien le pidiesen, y ya había curado a dos individuos, pero una cosa era cerrar heridas y reparar huesos y otra muy distinta era resucitar a un muerto.

—¿De qué estás hablando? Míralo bien: respira.

La Shuc-la que había dicho aquello era una mujer fuerte. Llamó su atención casi desde el primer día porque, pese a su gran habilidad, era incapaz de percibir el verdadero alcance de su propio poder. Aunque bueno, la magia Shuc-la nada tenía que ver con la de los Quaz; era más falsa, artificial… Estaba desprovista de la elegancia de sus conjuros y dependía demasiado de criaturas artificiales. Aunque la mayoría de ellos ni siquiera lo sabía, ¡menuda especie!

—Es tu deseo el que lo hace respirar, no su cuerpo, como debiera ser si de verdad estuviese vivo.

—¿Todo ha sido para nada?

El grandullón pelirrojo era otro personaje curioso. El-tos estaba casi seguro de que se trataba de Luyoe, aunque jamás había oído de ningún Señor del Clima que recobrase su forma humana, y por otro lado, apenas era capaz de sentir su antiguo poder: como si se tratase de una envoltura vacía.

—¿No puedes devolverle la vida aunque sean unos pocos minutos?

Aquel era el muchacho cuya sangre le había permitido realizar el ritual que lo disfrazó de humano, aunque se veía muy diferente a como él había imaginado que crecería. Su piel se había vuelto un poco más clara, lo que significaba que no solía exponerse al Sol a menudo, y pese a su evidente crecimiento, seguía siendo algo más bajo que el resto, lo que le daba cierto aire de inmadurez. Además, se había desprendido de las ropas del desierto y su vestimenta era más parecida a la de un norteño que a la de un sureño.

—Si queréis despediros, puedo curar su cabeza —se ofreció a hacerlo, aunque no estaba muy seguro de por qué—. La conexión natural de los Shuc-las os permitirá hablar con él, o al menos con la persona que era en sus recuerdos —miró a los dos representantes de aquella especie que había ante él, ¿le habrían comprendido?

No estaba dispuesto a traer de vuelta a la vida a nadie más. Bastante carga era ya Lys. Sin embargo sanando la cabeza del Shuc-la los suyos podrían acceder a los recuerdos de este, incluso puede que comunicarse con su conciencia. Las mentes de las criaturas humanoides eran muy complejas y casi lo único que merecía la pena estudiar de ellos. Los Dragones de Agua, por ejemplo, tenían…

—¡Eso es! —exclamó la mujer con el rostro iluminado mientras interrumpía los pensamientos del Quaz y miraba a su joven congénere de cabello color mostaza.

—Rompieron la conexión conmigo hace años —se apresuró a decir el objeto de todas las miradas.

—Una vez establecida, una unión mental nunca se rompe del todo —el tono de la Shuc-la pareció temblar un poco cuando dijo aquello, pero ni su mirada ni su actitud dejaron de ser tan frías y amenazadoras como acostumbraban.

—No fuerces al chico, Golondrina —habló el otro humano al que el Quaz había sanado.

Este era mucho más atractivo que el muchacho que el Dragón eligió para disfrazarse, y sin duda habría sido su primera opción de haber podido elegir cuando necesitó la sangre.

—Te dije que te estuvieras callado —la mujer le dedicó una gélida mirada al defensor del joven Shuc-la, que no se acobardó—. Es tu oportunidad para demostrar que no sigues siendo uno de ellos —dijo al muchacho.

—¡Por todos los…! —exclamó el defensor—. Lleva dos años con nosotros…

—Dos años —interrumpió ella —en los que no hemos dado con ninguna pista sobre el paradero de Aniki y los suyos —les recordó.

—Yo… —el objeto de aquella discusión no pudo defenderse, pues otro fue más rápido que él.

—¿Confiarías en Mostaz si hace lo que el Quaz sugiere? ¿Dejarías de sospechar de él; le verías como a uno más?

—Si consigue averiguar qué planea Aniki y dónde se esconde, juro que le trataré como si fuese de mi misma sangre —prometió.

Aburrido de aquello, el Quaz miró al único que no estaba interviniendo en la conversación.

—¿Dónde está Lys? —estaba demasiado cansado como para usar sus propios sentidos para encontrarla.

—Voy a buscarla —se ofreció muy diligentemente el grandullón pelirrojo, aunque se detuvo enseguida—. ¿Quién es Lys?

—La niña pequeña —respondió, sabiendo que con esa descripción le entendería.

Estaba débil y muy cansado, pero debía marcharse cuanto antes. Había demasiado odio y resentimiento alrededor de aquellos seres, en especial alrededor de la hembra Shuc-la, y el Quaz había demostrado ser fácilmente manipulable por las emociones de otros. Bastante culpa cargaba ya sobre sus hombros, bastante humano se había vuelto ya, como para también verse envuelto en un conflicto entre especies. ¿Cuánto tiempo hacía del último? No se acordaba, y no podía acordarse, porque él aún no había nacido cuando Odbas y Shuc-las dejaron de ser una misma cosa.

18
EN LA MENTE DE UN VIEJO AMIGO

Cerró los ojos. Era mucho más fácil concentrarse así, aunque no lo hizo por eso, sino para tratar de escapar de la fiera mirada de Golondrina.

Mostaz estaba seguro de que aquello no funcionaría. Parecía que todos hubiesen olvidado aquellos días en los que la Shuc-la lo estuvo forzando para que tratase de recuperar la conexión con el grupo de Aniki y así obtener información sobre su paradero. Y si hace dos años no funcionó, ¿cómo iba a lograrlo ahora? Daba igual lo que dijese el Quaz, si Dudo de verdad estaba muerto…

—Concéntrate —oyó que le decía Golondrina.

No era de motivo de sorpresa el que Aniki se hubiese fijado en ella: era muy fuerte, y el joven no se estaba refiriendo únicamente a los agudos sentidos de la mujer.

En cuanto se propuso buscar la antigua conexión mental en serio empezó a vislumbrar pequeñísimos puntos brillantes que formaban los sistemas nerviosos de cuantos le rodeaban. Estos destellos se concentraban a la altura de la cabeza e iban perdiendo luminosidad a medida que sus hilos se acercaban a las extremidades. Aunque los hilos no iban solo por dentro del cuerpo; de forma más tenue interactuaban con todo lo que había alrededor de la persona de la que procedían, con más o menos intensidad según la fuerza de estás. Tal vez por ello en el caso de Golondrina no se trataba de pequeños puntos, sino de manchas, y en cuanto a los hilos exteriores, había algunos que se alejaban kilómetros de la torre. No era de extrañar su sensibilidad a los fenómenos alejados, viéndola así, con los ojos cerrados y la mente abierta, era como si la Shuc-la en sí fuese un ente de luz: uno al que dolía mirar.

—¿Qué ocurre, Mostaz?

Kirt estaba allí, a su lado, atento hasta del más mínimo detalle. Aunque el joven Shuc-la sospechaba que era su curiosidad, y no la amistad entre ambos, la que lo empujaba a actuar así.

—No puedo verle —dijo.

Se trataba de un mensaje dirigido a Golondrina, que era la única allí que podría entenderle.

—Inténtalo con más ganas —insistió ella.

Fue extraño escuchar aquellas palabras de boca de Go-londrina, sobre todo teniendo en cuenta el modo en que las dijo. Kirt tenía razón; estaba confusa, y desesperada hasta cierto punto, aunque apenas se le notara.

Volvió a concentrarse. Para su sorpresa, en su deseo porque Mostaz recuperase la conexión mental con Dudo, la luz que envolvía a la Shuc-la había alcanzado al único ser al que el joven no podía ver en ese momento: al rehén. ¿Era así como realmente funcionaba el poder de los de su especie? Nunca lo había visto en acción de forma tan vívida como aquella, así que no podía estar seguro, pero lo cierto era que los hilos de Golondrina le estaban abriendo el camino hacia la mente de Dudo.

De repente lo vio claro, no tenía que restablecer la antigua conexión mental, sino crear una nueva. ¿Por qué no se le había ocurrido antes? ¿Podría hacerlo sin estar el Shuc-la consciente?

Abrió los ojos en la más completa oscuridad. Allí no había nada ni nadie, ni siquiera la silla sobre la que se suponía que estaba sentado. Se incorporó de un brinco.

« ¿¡Kirt!? ¿¡Rull!? ¿Hay alguien ahí…? ¿Golondrina? »

Giró sobre sí mismo, pero solo estaba él. Ni cielo, ni suelo, solo la oscuridad y él.

« ¿Quién eres tú? »

Ante él se materializó Dudo, aunque no parecía el Shuc-la que antaño había conocido. Se veía más joven, y no tenía tatuajes, y además…

« ¿¿Puedes hablar?? »

Hasta donde él sabía, aquel hombre siente había sido mudo.

« Por supuesto que puedo, bobo; esta es mi cabeza a fin de cuentas. Responde de una vez, ¿quién eres tú y cómo has accedido a mi mente? »

¡Así que lo había conseguido: aquello era una conexión mental! No lo recordaba tan… tan oscuro y vacío. Abrió la boca para decirle quién era, pero la cerró al momento. Si revelaba su identidad podría poner en peligro aquel extraño contacto que había logrado hacer con Dudo.

« Aniki me envía para ayudarte. »

De repente la oscuridad fue sustituida por un recuerdo en el que un prisma caía al suelo y provocaba una gran explosión. Luego la imagen se volvió borrosa, confusa, pero pudo distinguirse perfectamente cómo Golondrina lo examinaba y lo cogía en brazos antes de que todo se volviese negro una vez más.

« Creí que había muerto. Mi cuerpo fue muy dañado y caí en manos de mis enemigos. De continuar vivo solo habría sido… y no logro controlar mis pensamientos… ¿Sigo vivo, entonces? »

Sus palabras eran algo confusas. Tal vez por el estado en que se hallaba.

« Te… te dieron por muerto, y nosotros casi hacemos lo mismo. Pero te pondrás bien. »

Odiaba tener que mentir.

« ¿Eres un sanador? »

De repente, en vez de una imagen, llegó al muchacho un amargo sabor; como el de la medicina.

« No, yo soy... tu relevo. Mi misión es continuar con lo que estabas haciendo. »

Con cada palabra el muchacho trataba de pensar en lo que diría Kirt, o Rull, o en cómo se comportaría Golondrina en su lugar, o Pantera: hasta Roka serviría con tal de no parecer él mismo. El problema era que resultaba muy difícil aparentar ser otra persona mientras reunía todos los re-cuerdos del Mostaz niño para interrogar a Dudo sin que este se percatara de su identidad.

« ¿Y por qué pierdes el tiempo hablando conmigo? ¡Date prisa, antes de que Luyoe se escape! »

Pudo verse de nuevo la explosión, y esta vez también se apreció al Señor del Clima en su forma de dragón de magma: una visión terrorífica. Y cuando el prisma volvió a romperse... Mostaz tuvo una idea.

« Después de que se rompiese el cristal, tuvimos que crear uno nuevo... »

¿Funcionaría?

« ¿"Crear uno nuevo"? »

Tal vez habría sido mejor no creerse tan listo: él no era Kirt.

« Sí, para almacenar el poder de Luyoe... »

Titubeó al decir aquello.

« Si ya lo tenéis debéis llevárselo a Aniki cuanto antes. »

Esa era la raíz del problema. Debía averiguar dónde se ocultaban los Shuc-las renegados y lo que planeaban hacer en el poder de aquel Señor del Clima. ¿Cómo iba a preguntar algo así? Dudo lo descubriría en seguida…

« Me gustaría saber para qué necesitamos el poder de Luyoe. »

En aquel momento la oscuridad que los envolvía se iluminó fugazmente; como si acabara de caer un rayo muy cerca de ellos.

« Deberías saberlo. »

¡Maldición! Tenía que pensar en algo, y rápido. ¿Qué recordaba sobre Aniki?

« Claro que lo sé, pero no me creo ese cuento. ¿Para qué quiere Aniki todo ese poder realmente? »

El rostro de Dudo se relajó. Hasta sonrió.

« No está mal para tratarse de un segundón; puede que logremos hacer de ti un verdadero Shuc-la después de todo. »

Por algún motivo el tono de aquellas palabras hizo que se sintiese verdaderamente halagado, y eso que no eran el mejor de los cumplidos, pero no pudo evitar sonrojarse.

« No has respondido mi pregunta. »

« Aniki dice querer construir una nueva Siresli, y afirma necesitar grandes cantidades de energía para ello. Si sus palabras son ciertas o no, ni lo sé ni me importa. »

« ¿Por qué? »

Aquello se le escapó. No entraba dentro de sus planes el conocer mejor a Dudo.

« Puede que Aniki no sea el más cuerdo de los líderes, pero ha conseguido unir a todos los Shuc-las que quedábamos. Ha construido un nuevo núcleo para su nueva ciudad y, sobre todo, nos ha hecho ver lo ridícula que era nuestra situación. ¿Vender a nuestros familiares y amigos? ¿Someternos a ser tratados como esclavos hasta la muerte solo para que unos pocos afortunados vivan cómodamente? Quien tuvo esa idea, y la permitió, es el verdadero loco de esta historia, ¿no estás de acuerdo, Mostaz? »

Todo su alrededor se llenó de imágenes de él siendo pequeño, de cuando aún formaba parte del grupo de renegados. ¡Por todos los…! ¿Cómo lo había descubierto?

Estaba aterrado, sin embargo debía disimular mientras encontraba el modo de salir de allí.

« Supongo que no me dirás dónde se oculta Aniki. »

¿Cómo podía salir de allí? Ni siquiera estaba seguro de cómo había entrado. ¿Habría alguna forma de mandarles un mensaje al resto?

« ¿Te das cuenta de que puedo ver tus pensamientos de la misma forma que tú ves los míos? ¿O es que ya has olvidado cómo funciona una conexión mental? »

Eso significaba que…

« Si lo has sabido desde el principio, ¿por qué me has seguido la corriente?»

De repente unas imágenes de Mostaz aparecieron en aquella oscuridad, aunque se esfumaron en seguida, como si su propietario las hubiese mostrado por accidente.

« Desde el principio no. Me cuesta… mucho controlar mi propia mente. Imagino que es cosa vuestra, para poder sonsacarme mejor la información y luego… ¡Oh! Ya veo. Así que ya estoy… ¿Cómo es que estoy hablando contigo entonces? »

Por algún motivo Mostaz se sintió culpable del estado de aquel Shuc-la. Sentía lástima de un hombre que, pese a su elección de bando, jamás se había comportado mal con él.

« Un Quaz sanó tu cabeza, y Golondrina… »

No lo pudo explicar bien, porque él tampoco comprendía cómo era posible aquella conexión.

« ¿Te uniste a ellos al final? »

¿Qué otra cosa habría podido hacer? Lo abandonaron. Cortaron toda conexión con él y lo dejaron solo con el enemigo, que hubo de acogerlo y tratarlo como uno más. Bueno, no era el caso de

Golondrina, pero el resto era más familia suya de lo que nunca lo fueron los renegados. Y, aun así, si no lo hubiesen abandonado seguiría siendo… Era mejor no pensar en eso.

« Podrías volver con Aniki. »

—Creo que he convencido a Hiedra —entró Rull en el cuarto.

El recién llegado llevaba toda la mañana, para ser exactos desde que el Quaz le devolvió su movilidad, tratando de consolar a la muchacha y convencerla de que fuera a Ehsrab a buscar a su familia. El miedo a no dar con ellos, o a encontrarles distintos a cómo los recordaba, era algo contra lo que tendría que enfrentarse tarde o temprano.

—Deberíamos despertarle —dijo Kirt, aprovechando la llegada de su amigo—. No me mires así, Golondrina. Lleva en trance más de medio día.

—Es un Shuc-la. Puede soportar eso, y mucho más —aquella debía ser la primera vez que la mujer hablaba bien del muchacho.

—¿El Quaz y la niña se irán con ella? —preguntó el pelirrojo.

—¿Qué? —Rull tardó unos segundos en darse cuenta de que aquello era una respuesta a su afirmación inicial—. No lo sé, ¿por qué lo preguntas?

—Me pidió que le trajera a la cría y luego se alejó. Pensé que habría ido con la muchacha —comentó despreocupadamente—. Da miedo lo rápido que se está marchitando todo— aquello último lo comentó refiriéndose a la vegetación que había crecido alrededor del lago, cada segundo más pequeño.

—¿Dices que el Dragón de Agua se ha marchado? —poco le faltó a Golondrina para precipitarse por la ventana, pero Rull la agarró por el brazo justo a tiempo.

—Tranquilízate. Ya ha hecho lo que le pedimos; es justo dejar que se vaya.

No solía hablar con tanta seriedad, y puede que por eso ella le dedicara aquella mirada confusa y sorprendida. O al menos eso creyó ver él.

En aquel momento, y como el que acaba de despertar de una horrible pesadilla, Mostaz saltó de la silla, para luego dejarse caer sobre ella. Había vuelto en sí, respiraba entre-cortadamente y empezó a mirar a todos lados como temiendo ver algo. Al final suspiró y apoyó los codos sobre las rodillas, para seguidamente después ocultar el rostro entre las manos.

—¿Estás bien, Mostaz?

—¿Has averiguado dónde está Aniki? —se adelantó la Shuc-la a la preocupación general.

El muchacho la miró e incluso abrió la boca para responder, pero el sonido no salió de sus labios. Al final, y tras varios intentos, logró articular un *«no»*.

—Aunque sé lo que pretende, y quién puede tener una pista de su paradero —añadió.

Cuando pudo, empezó a relatarles la conversación con detalle. De hecho se la contó con tanto detalle, que ninguno se percató de las partes que se estaba guardando para él.

19
Un Disfraz Adecuado

odales, etiqueta, tradiciones… Las lecciones parecían no tener fin, y es que querían convertirla en otra persona, una capaz de sobrevivir a la cabeza del Consejo Odba. Tarea nada fácil dado el carácter de Pantera.

—¿Y qué te parece este color? —a Yazde se le había encargado la difícil tarea de cambiar la imagen de la joven madre; desde presentarla a las familias más influyentes hasta crearle un vestuario adecuado para su nueva posición.

—Es morado: todas las telas son moradas.

—Lila —la corrigió—, y no son todas iguales. Esa es malva, esta otra violeta, ¿y qué me dices de este encaje púr-pura? ¿No es exquisito?

Pantera trataba de ser paciente, pues le habían prometido que la ayudarían a recuperar a Roka. Pero lo cierto era que aquella mujer suponía un reto a menudo insuperable.

—Está bien —trató de calmarse—, ¿y no podríamos ver telas de otro color? Tal vez un marrón o…

—¿¡Marrón!? ¡Oh, cielos, no! Querida, ahora res noble y los Odbas nobles visten de *«morado»*, como tú lo llamas. Es curioso, ¿sabes? Fue algo que inventaron los humanos mucho antes de empezar a gastar todo ese oro y joyas en crear coronas: el lila es el color de la nobleza, y nosotros…

Esa mujer, una vez empezaba a hablar, no había quien la silenciase. A excepción de una persona tal vez.

—¿Dónde están las dos joyas de mi casa? —Lunot las saludó como si acabara de llegar pero, dada la elección de sus palabras, era evidente que llevaba algo de tiempo observándolas—. Tengo buenas noticias para cierta mamá —canturreó.

—¿Es Roka? —preguntó, pensando que por fin lo habían recuperado para ella.

—No, querida.

—¿Entonces? —hablaron ambas mujeres a la vez.

—Que como no eres Odba, ni noble, no debes vestir según nuestras costumbres —sonrió el lunático, y Pantera necesitó contenerse para no partirle ese careto suyo de un puñetazo—. ¿Qué te parecería un bonito azul? Si elegimos el tono adecuado podría parecer morado, ¿no crees, amada mía?

—¡Menuda excentricidad! —exclamó la aludida—. Si vas a elegir una tela de un tono cambiante es mucho mejor… ¡Oh, ya lo tengo! Sé exactamente quién puede vender-nos lo que necesitamos —dio una palmada al aire—. Esperad aquí, en seguida vuelvo —dijo antes de marcharse.

Lunot contó hasta diez en voz baja antes de hablar.

—Con suerte no volverá hasta la cena —suspiró mientras se dejaba caer en una de las butacas sin molestarse en apartar las telas primero—. Traigo nuevas del Consejo: Vernam vendrá con el pequeño príncipe de un momento a otro.

—¿Qué? Pero antes has dicho…

—Mi queridísima esposa no sabe cómo tener la boca cerrada —explicó mientras cruzaba las mientras sobre la mesita que había en medio de los sillones—; no podía permitir que fuese esparciendo por doquier el rumor de que habíamos recuperado al príncipe Roka de forma ilegítima.

Los Odbas no utilizaban sillones ni sofás como los que estaba acostumbrada a ver. Preferían sentarse en mullidos cojines o extravagantes alfombras. Sin embargo aquella par-te de la casa había sido preparada especialmente para ella y tenía todo lo que pudiese necesitar y más.

—¿Cómo que ilegítima? ¡Soy su madre!

—¿Dije *«ilegítima»*?— se hizo el sorprendido—. Quise decir desleal.

—Explícate.

Con ese hombre las conversaciones siempre funcionaban así: o las decoraba demasiado o había que sonsacarle la información a pellizcos.

—Mi querido primo ha ido a recogerle sin autorización — sonrió.

En otras palabras, que se lo estaban quitando a sus secuestradores. Bueno, eso era lo que ella quería, así que estaba bien.

—¿Por qué Vernam? —ni ella misma estaba muy segura de por qué preguntó aquello, simplemente la frase salió de sus labios.

—No te entiendo.

—Sí, bueno… Vernam es un miembro del Consejo, ¿no? ¿Por qué se le trata como si fuese un simple… lacayo? —se refería, por supuesto, al hecho de que hubiese sido él a quien enviaran a buscarlos—. Por poco rango que tenga dentro del Consejo debe haber alguien… No sé. No me cabe en la cabeza que alguien de la nobleza sea enviado a hacer el trabajo de un lacayo habiendo otros que se encargan precisamente de eso.

—¿Hablamos de ir en busca del príncipe Roka o de su misión anterior?

—Creo que es evidente: lo segundo.

—Eso fue un castigo, querida. El bobo de mi primo montó una revuelta con la idea de… ¡Bah! Digamos, para resumir, que quería cambiar una ley y eligió la peor de las formas para hacerlo —se encogió de hombros—. Así que el consejo le dio a elegir: o aceptaba la misión o renunciaba de forma permanente y perpetua a su puesto.

Algo en aquella historia le parecía chocante y extraño, pero no era capaz de encontrar la pieza que desencajaba en aquel puzle.

—Me sigue pareciendo raro.

—Entiendo que al Consejo aquel asunto le vino como caído del cielo. Necesitaban un pura sangre para la misión y ¡oh, maravilla! El pedante de mi primo hizo gala en público de su mal juicio.

—Tengo la impresión de que tuviste algo que ver con que lo eligieran —arqueó una ceja.

—¿¡Yo!? ¡Jamás, querida! —se hizo el ofendido—. En todo caso, sugerí que expulsar a Vernam del Consejo pon-dría a todos sus adeptos en nuestra contra, y eso sería mucho más molesto que una simple revuelta.

Pantera aún no estaba segura de si aquel personaje era de confianza o no. Muchos lo tachaban de voluble, y era verdad, pero había cierta genialidad en su locura que era innegable. O tal vez fuese su aburrimiento el causante de todo aquello.

—Así que pura sangre —murmuró.

—¿En qué piensas, querida?

En que Vernam se retrasaba.

—Roka es mestizo.

—Bueno, no hay ninguna ley que le impida gobernar por serlo. Aunque ya te aviso de que querrán casarlo con alguna de las pocas pura sangre que quedan —aquello último lo dijo con un tono de amargura.

—¡Tiene dos años! —le recordó.

—A mí me casaron con seis —la informó—: una alianza entre familias para asegurar que el desliz de mi tatarabuelo no se volviese a repetir. Al parecer le gustaban más las mujeres humanas que las de su misma especie, y por eso mi querida esposa y yo llevamos tanto tiempo juntitos. ¿A que es estupendo?

—¿¡Seis años!?

—Querida —sonrió—, que se respete a los mestizos no hace sino aumentar el valor de los sangre pura. Sobre to-do porque los ojos de los viejos Odbas solo se heredan si tu sangre es pura.

Supuso que se estaba refiriendo a esa extraña visión de la que hizo gala Vernam el día que los sacó de la torre. Ciertamente parecía que fuese capaz de ver a través de los objetos, facultad nada sorprendente si antes de ha convivido con Golondrina pero que para aquel pueblo parecía valiosa.

—¿No se están retrasando mucho?

—¡Por favor, querida! Si la entrada triunfal del héroe no se hiciese en el momento justo perdería gran parte de su encanto. ¿No es cierto, primo?

Tras preguntar aquello entró en escena el aludido, que llevaba a Roka en brazos.

—¿Desde cuándo sabías que estaba ahí? —preguntó el recién llegado.

Pantera atravesó la distancia que los separaba en apenas un segundo, todo por llegar cuanto antes a su adorado hijo.

—¡Mamá! —lo cogió en brazos al instante.

—¿Desde cuándo te dedicas tú a escuchar conversaciones desde detrás de la puerta, mi querido primo? —son-rió con picardía Lunot.

Ya no les prestaba atención porque solo veía a Roka. ¡Lo había extrañado tanto! Aquel pequeño era su vida, y muy a su pesar reconoció para sus adentros que Lunot tenía razón: a sus ojos aquel que le había devuelto a su hijo lucía como el más glorioso de los héroes.

20
ANCESTROS COMUNES

Poco a poco el lago se fue secando, y todo cuanto había germinado a su alrededor se marchitó hasta que el escenario lució como un pequeño desierto. Era como si las últimas gotas de lo que fue Shinyuo hubiesen acelerado toda la vida que correspondía a las próximas primaveras de aquella extensión de tierra y, al secarse, toda el tiempo de esa vida se hubiese agotado. Y junto con el verdor también desaparecieron Lys y el Quaz llamado Eltos, a los que jamás volvieron a ver.

En aquella ocasión Hiedra no montó ningún escándalo, aunque sí que derramó algunas lágrimas en día que enterraron a Dudo. Claro que su llanto no estaba dedicado al difunto.

—¿Kirt? —como venía siendo costumbre, Golondrina requisó la maleta del muchacho antes de emprender la marcha.

Después de lo ocurrido habían decidido ir tras la venganza que tanto ansiaba la Shuc-la, decisión que no tenía muy convencidos a todos.

—¿Cuándo le ha dado tiempo a meter todo esto? —preguntó Rull, que la estaba ayudando a sacar todo lo que no fuera imprescindible del equipaje.

—¿Otra vez esto? —señaló ella el aparato que le quitó justo antes de que partiesen hacia Tatlas—. Esta vez voy a romperlo.

—Yo lo llevaré —habló de pronto Mostaz—, así no retrasará a Kirt.

Golondrina se tomó su tiempo para mirar al joven y al objeto repetidas veces. Al final se lo entregó a su congénere, aunque con recelo.

—Si te cansas dímero y lo llevaré yo.

Aquella frase produjo una gran conmoción general, solo perceptible por el silencio que se dio alrededor de la Shuc-la.

—¿Por qué él puede llevarlo y yo no? Si el invento es mío —gruñó Kirt, en un arrebato infantil muy impropio de él.

—No te enfades, amigo. Mostaz es el héroe del momento y Golondrina prometió tratarle como si fuese de su misma sangre: por eso puede llevarlo él —sonrió Rull—. ¿Estás lista, Hiedra? —llamó a la muchacha, que se estaba preparando en una habitación aparte.

—Lo he pensado mejor, y esperaré aquí por si Eltos volviese —anunció.

—¡Por todos los…! ¡Ya lo hemos hablado!

—¡Sí, pero yo no quiero ir a Ehsrab sola! —gritó inconscientemente.

—Que no, chiquilla, que no. ¿Cómo te lo tengo que decir? —Rull estaba ya harto de tratar de hacerla en razón.

—Iremos juntos parte del camino —intervino Mostaz—; así que no tienes nada de lo que preocuparte.

—¿La isla esa de los Odbas está en el norte? —preguntó el pelirrojo.

—Noroeste —lo corrigió Golondrina.

—¿Y si no encuentro a mis padres?

—Tú eres una chica muy espabilada: seguro que encuentras algún trabajo en Ehsrab muy pronto —aseguró Rull.

—El Quaz no volverá —dijo la Shuc-la—, y es posible que nosotros tampoco lo hagamos. Lo mejor que puedes hacer es quedarte en...

—¡Como volváis a decir Ehsrab me pondré a gritar! —algo que, por cierto, ya estaba haciendo—. ¡Seré yo la que decida a dónde ir y cuando debo hacerlo! —y tras decir aquello se metió de nuevo en el cuarto, no sin antes dar un portazo, eso sí.

Numeritos aparte, cuando llegó el momento de partir la muchacha estuvo lista para irse con ellos. Es más, previniendo que pudieran dejarla atrás, fue la primera en bajar la escalera de la torre.

—Qué curioso que el lugar al que pueden haber lleva-do a vuestros amigos sea también donde puedan darnos alguna pista sobre el paradero de ese grupo de Shuc-las.

La observación del pelirrojo quedó suspendida en el aire como una nube. Nadie la comentó ni la volvió a sacar en ninguna de las conversaciones que mantuvieron durante el viaje. Era una extraña casualidad y punto. Lo que sí salió a relucir fue su nombre, pues si bien era consciente de su naturaleza como Señor del Clima, jamás respondió al apelativo de Luyoe.

—Te aseguro que es así como se te conoce —dijo Rull.

—Ridículo. Mi nombre es Becna.

—Supongo que con el tiempo la gente acabó dando nombre a la criatura que daba vida al volcán —dedujo Kirt.

Eran cuestiones como aquella las que habían protagonizado la conversación de las últimas jornadas. Ni venganza, ni Odbas, ni tampoco la palabra Quaz habían salido a relucir. Ya se habían encargado el muchacho y el galán de esquivar esos temas.

—¿Y cuál es… era el verdadero nombre de Saida? ¿La conocías antes de despertar?

—Se llamaba…

—Era Ahsed, ¿verdad? —lo interrumpió Rull.

El pelirrojo asintió.

—¿Lo sabías? —Kirt no disimuló su sorpresa —¿Cómo?

—Me lo contó en la taberna —fue decir aquello y Go-londrina chasqueó la lengua—. Por cierto, Hiedra, ese es el camino hacia Ehsrab —señaló una ruta que se desplazaba un poco hacia su derecha.

Había sido un cambio de tema muy abrupto, y como consecuencia se produjo un silencio incómodo.

—Si quieres, puedo acompañarte —dijo Mostaz.

Lo que algunos ya venían sospechando desde hacía días, para otros fue una sorpresa.

—No puedes, te necesitaré a mi lado cuando lleguemos a Ilseris.

—Vamos, Golondrina, deja que el muchacho haga lo que quiera —Rull trató de disimular una sonrisa, aunque con tanta torpeza que todos supieron lo que estaba pensando.

—¿Por qué no vas tú con ella? —dijo de pronto la Shuc-la—. Conoces Ehsrab mejor que ninguno de nosotros, y eres el único que sobra en este grupo.

—Eso ha sido pasarse un poco, ¿no crees? —arqueó una ceja y forzó una sonrisa tratando de disimular su enfado—. Para tu información, te diré que he estado antes en Norde y, además, he visto Ilseris —presumió.

—¡Eso no es posible!

—Yo sí que no voy a perderme la oportunidad de conocer al pueblo Odba —habló Kirt, que se había adelantado a ellos—. ¿Venís o no?

Rull y Golondrina siguieron discutiendo, pero ya de camino, seguidos de cerca por el pelirrojo, y solo Mostaz quedó atrás con Hiedra.

—Si quieres, te acompaño —volvió a ofrecerse.

Ella miró al camino que la separaba de saber si sus padres habían sobrevivido o no, y luego dirigió la vista hacia el grupo que se alejaba.

—Eltos os buscó una vez, y puede que vuelva a hacerlo —dijo mientras seguía al grupo.

Mostaz no estaba seguro de si aquello había sido pura cabezonería, o miedo a lo que pudiera encontrarse en Ehsrab. Lo único que le quedó claro fue que para la muchacha su gesto, el contradecir a Golondrina para acompañarla, había pasado totalmente desapercibido.

Él también dirigió una significativa mirada a ambos caminos antes de reprender la marcha. Estos le recordaban su propia situación, y es que no sabía por qué seguía con aquel grupo.

—¿Cómo es que has estado en Ilseris? —oyó que le preguntaba Kirt a Rull.

—No, no he estado allí; la he visto desde lejos.

—Eso no es posible —repitió Golondrina.

—Y yo te digo que sí —insistió su pretendiente—. ¿Recuerdas cuando te hablé de Villarosada?

Por primera vez en la historia a la Shuc-la se le encendieron las mejillas. ¿De qué habrían hablado exactamente? Kirt no pudo evitar pensar que tal vez sería mejor no saberlo.

—¡No sé a qué viene eso! —gruñó la mujer.

—Resulta que lo que da nombre a la casa son sus viñedos, o tal vez debería decir que es el vino que se hace a partir de ellos. Mis tíos eran productores de vino rosado, cuyo mercado era, en gran medida, la isla de Norde.

De hecho, aquel islote era muy pequeño y precisaba de abastecimiento casi continuo por parte del continente. Por eso les costó muy poco encontrar un barco que los llevara hasta la tierra natal de los Odbas, aunque conseguir cinco pasajes fue una historia muy distinta. En aquel respecto fue el mismísimo Señor del Clima el que los sorprendió a todos, y es que Becna era un experimentado navegante. Después de ayudar a un grupo de pescadores de tiburón, que regresaron a tierra con tres piezas, estos se ofrecieron para hacercarlos a la isla: un trato justo, pero que retrasó su viaje en dos días.

—Creí que Norde era esa isla de ahí —señaló Kirt a una gran extensión de tierra en el horizonte.

El barco acababa de cambiar de rumbo, aprovechando una corriente marina, y ahora se dirigía al norte.

—Eso es Kenlott —dijo Golondrina.

—Esa tierra está maldita —tras decir aquello, tanto el capitán como el resto de marineros escupieron al mar por babor.

—¿Por qué? ¿Qué hay allí? —la curiosidad de Kirt no tenía límites.

Pese al desprecio que mostraban los pescadores, ambos Shuc-las miraban hacia aquella isla con interés, y puede que hasta anhelo. Incluso Becna parecía influenciado por la visión de aquel pedazo de tierra sobre el mar.

—Creo que nadie va nunca allí, ¿no? —comentó Rull.

—Y los que van no regresan —añadió el capitán.

—¿Pero qué hay allí, Golondrina? —Kirt dirigió su pregunta a la mujer porque de algún modo sabía que ella podría satisfacer su curiosidad.

—La ciudad de piedra —se adelantó Mostaz.

—Kenlott es el hogar de nuestros ancestros —prosiguió ella con tono monótono—. Después de la gran guerra los Shuc-las construyeron Siresli, y los Odbas fundaron Ilseris.

Había más información en aquellas dos frases de lo que parecía. Para empezar Ilseris parecía Siresli pero escrito al revés, o puede que fuese al contrario y Siresli fuese el in-verso de Ilseris... Y luego estaba esa supuesta gran guerra de la que Golondrina hablaba: ¿cuándo fue la última vez que hubo una gran guerra? Y si esta separó a los Shuc-las de los Odbas, ¿significaba eso que ambos pueblos eran la misma cosa?

—¿Los Odbas son Shuc-las? —preguntó, aunque podría haberlo formulado al revés también.

La mujer no respondió aquella pregunta, ni ninguna otra al respecto, pero es que Mostaz tampoco estuvo muy por la labor de hacerlo e incluso evitó el hacer contacto visual con Kirt, que lo único que obtuvo, y con mucho esfuerzo, fue la siguiente frase.

—Puede que nuestras raíces sean comunes, pero te aseguro que no somos la misma raza —y ya sí que Golondrina no dijo nada más.

Parecía que el odio hacia los Odbas fuese algo gravado con fuego en la sangre de los Shuc-las. Y hablando de fuego…

—¿A ti por qué te molesta la visión de esa isla? —preguntó Rull al pelirrojo.

Becna lo miró, y dejó escapar un suspiro.

—Lo que decís que soy, nació en esa tierra.

Kenlott prometía ser un lugar digno de explorarse, aunque de momento Kirt tendría que conformarse con ir a ver si a Hiedra se le había pasado ya el mareo. Con todo lo que había vomitado lo raro era que siguiese sufriendo aquellas náuseas, o tal vez no. Lo cierto era que no lo sabía: él nunca había sufrido aquellos síntomas. El mar estaba afectando a todos de formas muy distintas; puede que aquella isla que dejaban atrás sí que estuviese maldita después de todo.

LA ALDEA DE LOS ODBAS

ull había estado allí antes, y no tardó en encabezar al grupo. Hacía mucho tiempo de su última visita pero recordaba cada camino como si él mismo lo hubiese trazado, con la particularidad de que en sus recuerdos aquel pueblecito al que llegaron no estaba abandonado.

—¿Seguro que es aquí? —preguntó Kirt.

—No, esto no es Ilseris, esto es…

—Es todo un decorado —dijo Golondrina después de echar abajo una casa entera.

—Sí, ya sé que es un decorado, pero es aquí donde…

—¿Por qué construir un pueblo falso? —lo interrumpió Kirt, mirando a la Shuc-la.

—Imagino que eso les permite comerciar con otras gentes sin desvelar el verdadero paradero de su ciudad —respondió la mujer.

—Entonces, ¿dónde está Ilseris? —preguntó Becna.

—¿Es que nadie va a dejarme terminar mi explicación? —saltó Rull, ya bastante molesto—. ¡Intento deciros que aquí es donde se contrataba a un guía para que te mostrara las puertas de la ciudad!

—¿Dices que esto es un punto de turismo? —el mu-chacho se mostró excéntrico, pues para él comercializar con las vistas de un pueblo o ciudad no tenía sentido.

—¡Hiedra y yo hemos encontrado un camino oculto entre los matorrales! —llegó Mostaz, que se había puesto a investigar los alrededores con la muchacha.

—¿Te encuentras bien, amigo?

El que había liderado al grupo iba ahora el último, y no, no estaba bien. Siempre se habían burlado de él ignorándolo, pero tenía la sensación de que aquel trato había empeorado drásticamente desde que volvieron a la torre. ¿Por qué?

—Ya no sé qué hacer para que no se me ignore.

—¿Te refieres a la mujer Shuc-la? No creo que te esté ignorando.

No se estaba refiriendo a eso, pero aquel giro de la conversación no lo disgustó en absoluto.

—Explícate.

—Bueno, si de verdad no le importaras, creo que no te habría pegado cuando declaraste abiertamente tus intenciones en la taberna.

—¿Yo hice qué? —recordó el dolor en su cara además de la resaca de cuando despertó; en aquel momento no supo a qué era debido, aunque ahora todo empezaba a cobrar sentido.

—Dijiste algunas cursilerías y cuando ella apareció…

—No hace falta que sigas, ya me hago una idea —en realidad no, pero prefería no pensar demasiado en las tonterías que pudo hacer o decir mientras estuvo borracho.

—Fue un buen puñetazo.

El camino los alejó del pueblo hasta ponerlos al pie de un acantilado.

—No es por aquí —dijo Rull—. Lo recordaría si hubiese venido por aquí.

No hizo falta preguntarle a Kirt qué estaba pensando, porque miraba al cielo con tanto descaro que casi podía leerse en su rostro: *«buscando una segunda Siresli»*. En cuanto al resto, buscaban cualquier pista que pudiera indicarles por dónde continuaba el camino.

—¡Hay una escalera! —advirtió Mostaz, que estaba muy al borde del precipicio.

—Buen trabajo —lo felicitó Golondrina mientras ponía un pie en el primero de los peldaños.

De repente Kirt empezó a reírse.

—Tiene sentido —se secó las lágrimas—. Ilseris se escribe al revés que Siresli, así que si para llegar a esta había que subir, para alcanzar la ciudad de los Odbas habrá que bajar.

—No entiendo el chiste —dijo Becna.

—Es humor del desierto. Tú ni caso —le aconsejó Rull, que ya tenía algo de experiencia en no comprender los pensamientos del muchacho.

Por aquella escalera solo se podía ir de uno en uno. Estaba tallada en la mismísima roca y no tenía barandilla, lo que le daba el aspecto de un saliente natural. De no ser por algún que otro gravado medio borrado por el paso del tiempo y los huecos en los que colocar los pies, demasiado oportunos para ser propios de la piedra, aquella escalera no parecería lo que realmente era. Aun cuando serlo no evitaba que un paso en falso supusiese una caída mortal.

—¿De verdad tenemos que ir por aquí? ¿No hay otro camino? —preguntó Hiedra cuando llegó su turno.

—No te preocupes: yo iré delante.

Rull no pudo evitar verse reflejado en los esfuerzos del joven Shuc-la por impresionar a la muchacha. Aunque no era en eso en lo que debería estar pensando en aquellos intentos.

—¡Golondrina! —la llamó—. ¡Este no es el camino, debemos volver!

Agarrada a la roca, pues no había otra forma de descender, la mujer le dedicó una inexpresiva mirada antes de proseguir su marcha, y es que estaba decidida a descender por allí.

—¿Y según tú, por dónde es? —le preguntó el pelirrojo, que iba justo por delante de él.

—No lo recuerdo bien, pero creo que en aquel pueblo falso había una trampilla o algo así —algo que tal vez debió recordar antes.

Kirt, que iba el segundo, perdió momentáneamente el equilibrio, y se habría caído de no ser porque Golondrina lo agarró a tiempo.

—Parece un camino mucho más sencillo que este.

Cuando llegaron al lugar del casi siniestro, vieron las marcas en la roca justo donde la Shuc-la se había sujetado para no caerse ella en el momento en que agarró al muchacho. ¡Qué bruta! Bueno, era gracias a esa inhumana fuerza suya que no había pasado nada al final.

De repente el grupo se detuvo. Como iban en fila india, los últimos tardaron un buen rato en enterarse de lo que pasaba, pero podía resumirse en unas pocas palabras: la escalera se había terminado.

—¿Y qué hacemos ahora? —pudo percibirse cierto temor en la voz de Hiedra cuando preguntó aquello.

—¿Retrocedemos, Golondrina? —quiso saber Mostaz.

Él iba el tercero, y podía preguntar aquello sin necesidad de depender del resto para transmitir su mensaje. Bastaba con que alzase la voz un poco.

—Veo una entrada en la roca. Parece una puerta de arco, aunque podría ser una cueva natural —los informó la Shuc-la, sin embargo Rull se enteró porque el grupo retransmitió aquello, así que nunca supo si aquellas fueron las verdaderas palabras de la mujer.

Oyeron a Kirt discutir con ella, pero pocos se enteraron de qué le estaba diciendo exactamente. A decir verdad, se escuchaba más el romper de las olas con el acantilado que la voz del de delante.

—¿Qué ocurre? —preguntó el último de la fila.

—Están viendo el modo de llegar hasta la cueva —le dijo Becna.

—¿Pero no se había acabado la escalera? —podía imaginarse qué clase de locuras estaría pensando hacer la mujer, aunque esperaba que Kirt, que era humano como la mayo-ría, le infundiera un poco de sentido común, que para eso iba el segundo—. ¡Sea lo que sea que estás pensando, Golondrina, es una locura! —gritó, pues no podía esperar con la colaboración del muchacho: su curiosidad era casi tan peligrosa como la temeridad de aquella Shuc-la.

—Creo que no van a hacerte caso —comentó el pelirrojo.

—Nunca lo hacen —suspiró—, aunque esperaba que Kirt fuese algo más sensato.

—¿¡Qué!? ¿Vamos a saltar? —Hiedra parecía estar a punto de ponerse histérica.

—No, no, nada de eso —le aseguró Mostaz.

—Yo no puedo… no sé… ¿No podríamos subir de nuevo?

De alguna forma volvieron a moverse, pero en sentido descendente.

—No pasa nada, ¿ves? Sí que había más escalones, es solo que estaban muy desgastados y ocultos a la vista.

Oían cómo el joven trataba de calmar a la muchacha pero, hasta que no vieron los peldaños con sus propios ojos, estuvieron tentados a pensar que había sido la mismísima Shuc-la la responsable de hacerlos. Bromas aparte, el camino se volvió más angustioso, tanto fue así que tuvieron que ponerse de cara a la pared y descender de lado y dando pequeños pasos. Se agarraban a lo que podían, que no era mucho, y en silencio rezaban para que ninguna gota de sudor se les metiera en los ojos o que sin querer agarrasen algo que pudiera picarles. Todos sus pensamientos estaban dirigidos a evitar acciones más o menos voluntarias que pudieran llevarles a perder el equilibrio y despeñarse.

En una ocasión, uno de los escalones bajo Hiedra ce-dió justo cuando la muchacha apartaba el pie de él. No pasó nada, pero la chiquilla quedó paralizada por el miedo. Normal, pues de haber cedido unos segundos antes ella se hubiese caído.

—Por favor, por favor, subamos. No puedo más con esto, por favor…

La paciencia y tacto que Mostaz demostró para calmar-la y convencerla de seguir avanzando fue algo digno de alabanza. Afortunadamente poco faltaba ya para alcanzar la entrada que Golondrina decía haber visto.

El lugar al que llegaron parecía un saliente natural de la roca, pero si se miraba con detenimiento podían apreciarse las huellas dejadas por las herramientas usadas para crear aquel paisaje hacía años, puede que siglos. Allí, al menos, pudieron estar de pie sin aferrarse a nada, e incluso hubo quien se dejó caer debido al agotamiento, o que empezó a sacudirse la tierra del cuerpo. Esto último terminaron por hacerlo todos, ya que la arenilla en la roca había sido una consecuencia inevitable de avanzar casi abrazados a la piedra.

—No estoy seguro de que llevemos bastante agua para este viaje —comentó Becna.

Mientras descendían había sido imposible hacer uso de los víveres, y el Sol junto con el estrés porque sus vidas dependían de lo bien que estuviesen agarrados a la roca, había hecho mella en todos. Y lo primero fue, por supuesto, beber.

—Puede que haya algún río dentro de la cueva —observó Kirt, uno de los que había necesitado sentarse tras tanta tensión.

En circunstancias normales Golondrina ya se habría adentrado en la cavidad, o al menos les habría metido prisa para que continuaran con la marcha. Sin embargo permanecía estática, en una especie de trance mirando a las sombras que los aguardaban.

—¿Ocurre algo? —Rull se acercó hasta donde ella estaba.

La mujer retiró la mirada de la cueva momentánea-mente para dedicársela a él. No es que aquello fuese significativo en sí, pero denotaba cierta inseguridad nada normal en ella. O eso, o el pelirrojo tenía razón y sí que había hecho algún avance el galán… No, era mejor no pensar en eso o todo se acabaría torciendo, como siempre.

—No percibo nada.

¿Por eso no se había movido del sitio? Bueno, que no notase la presencia de alguien no descartaba la posibilidad de que pudiese estar allí, aunque era raro.

—Nos deshidrataremos si seguimos aquí parados, y no creo que subir la escalera sea una opción —dijo, tras dedicar una rápida mirada a Hiedra—. Estaremos más frescos dentro.

Pese a todo, él seguía pensando que aquel no era el camino correcto. Aunque ya poco importaba si era así o no.

—Podría ser una trampa —observó ella, pero con un hilo de voz, como si temiera que alguien pudiese oírla.

¡Menuda idea! ¿Quién querría tenderles una emboscada? Contuvo su risa para no enfadarla y extendió la mano hacia la mujer.

—Tendremos que averiguarlo.

Por supuesto, ella no cogió aquella mano, aunque tampoco la apartó. Se limitó a llamar al resto y a caminar en dirección hacia la cueva. Eso sí, en aquella ocasión Rull y ella anduvieron juntos.

¡Toc, Toc!

staba ya cansada. Durante el día debía mostrarse en público para defender su causa, si es que no había reunión del Consejo, y rara era la noche en la que no tenía que asistir a alguna fiesta. Por fin había recuperado a su hijo, y sin embargo seguía sin poder estar con él: todo para que la gente la viera, la quisiera y, sobre todo, para que Roka tuviese el camino allanado cuando le tocara coger el relevo.

—¿Puedo pedir que me reserve la siguiente pieza?

El Odba que se acercó a ella no aparentaba tener más de veinte años, pero a buen seguro que tenía varias décadas más que ella. Se trataba de una figura de peso en el Consejo de ancianos después de todo.

—No, gracias. No voy a bailar más.

La danza era casi una obligación en aquellos eventos sociales, y sus instructores habían sido todo lo severos posible con ella. Como resultado aquello, lejos de parecerle un divertido entretenimiento, se le antojaba una calculada pauta de movimientos y expresiones pensados para ganarse la buena opinión del observaros, que no siempre era su pareja de baile. Algo tan frío no merecía ser llamado baile, y lo evitaba siempre que podía.

—En tal caso me quedaré aquí charlando con usted, así no tendré que cumplir con la obligación social de sacar a bailar a ninguna otra dama y usted no tendrá que rechazar a nadie más —sonrió.

—¡Qué honor! —El sarcasmo era la única salida posible de aquella situación de falso galanteo.

Con suerte se aburriría y la dejaría pronto: no pensaba hablar con él más de lo estrictamente necesario.

—Creo poder decir que a los dos nos gusta ir al grano, así que no me andaré con rodeos: cásese conmigo.

Casi se atraganta con su bebida.

—¿¡Cómo!?

—Seamos claros. Cuanto ha conseguido hasta ahora ha sido gracias al apoyo de Lunot, y todo el mundo sabe cuan… voluble puede llegar a ser. En algún momento se encontrará sola, tal vez Vernam siga de su lado, ¿pero está su pensamiento realmente en la línea de ese radical? Permítame que lo dude —dió un sorbo a su copa.

—Y la solución es casarnos, ¿no?

—Mírelo como lo que es: un contrato. Si ahora mismo se ve abrumada por el trabajo, imagine cómo estará cuando Lunot le retire su ayuda. Estará sola para todo, y sola no supone ningún peligro para nadie: es cuestión de tiempo que le quiten a su hijo, y se libren de usted.

—Ya que quiere ir al grano, ¿qué pasaría con mis responsabilidades como tutora del príncipe Roka? —Debía referirse a su hijo así en público.

Ya imaginaba que su pretendiente se ofrecería a hacerse cargo de ellas, pero con suerte puede que alguien viniese a su rescate pronto. ¿Dónde estaba Vernam?

—¿En el supuesto de boda?

—¿Qué otro si no?

—Ya le he dicho que es un contrato: todo es negociable.

—Sin ofender, pero me cuesta creer en la palabra de alguien que no me ha estado poniendo trabas para cuidar a mi propio hijo.

—El Consejo demostró ser un completo imbécil en su conjunto al separarla del príncipe Roka. El tiempo ha demostrado que se ganaron una enemiga innecesaria.

Estaba demasiado cansada para tener aquel tipo de conversación. La prueba de ello era que empezaba a creer que aquel personaje tenía razón. ¿Qué haría si Lunot le retiraba su apoyo? Con lo extravagante que era, aquello podría pasar en cualquier momento, y en cuanto a Vernam…

El corazón le dio un vuelco. Aquel Odba se había ganado su odio cuando se la llevó a ella y a Roka de la torre por la fuerza, y sin embargo había sido él el único en ir a rescatarla cuando más lo necesitó y en devolverle a su hijo cuando ya empezaba a perder la esperanza en recuperarlo.

—Habla del Consejo como si no formara parte de él.

Nadie iría a rescatarla de aquella conversación; debía luchar por sus intereses ella sola.

—Digamos que mis ideas difieren un poco de las del resto.

—¿Y es Vernam el radical? —No tenía que haber dicho aquello.

—Su posición, además de otorgarle poco peso dentro del Consejo, es inestable y depende del resultado de unos exámenes anuales. No quiero decir con ello que no sea loable, sin embargo, en mi caso… digamos que mi voz no necesita de la turba para hacerse oír, por no mencionar que mi posición me fue otorgada por mi nacimiento. Menos elogiable, tal vez, pero estable.

Debía controlarse, porque aquel personaje estaba empezando a enfadarla. Por fortuna una alarma externa a ellos la rescató de tan desagradable conversación.

—¡Qué desafortunado sonido! —se acercó a ellos Lunot con sus habituales ropas púrpuras—. Si ya has acabado de envenenar los oídos de mi invitada, Tsuntus, me gustaría llevármela a casa.

—De ser otra la situación me ofendería, Lunot. Hoy solo les desearé buenas noches —dicho lo cual se alejó de ellos.

—Me extraña que no haya venido Vernam a salvarla, querida. En fin, si debo acompañarla a casa, tendremos que darnos el doble de prisa.

Su esposa no había acudido a aquella fiesta, pues un compromiso anterior la requirió en otra parte. Aunque Pantera sabía que el matrimonio se evitaba mutuamente salvo en las contadas ocasiones en las que debía vérseles juntos.

—¿Por qué el doble de prisa? ¿Y qué es ese espantoso sonido?

—Querida, deja de perder el tiempo y ponte a andar, ¿quieres? Me propongo averiguar qué ha activado tan anticuada alarma, y jamás podré hacerlo si caminas tan despacio.

Las puertas del recinto donde había tenido lugar la fiesta se convirtieron en un cuello de botella. La gente se empujaba por salir primero.

—¡Al fin os encuentro! —Incluso en medio de aquel caos, Vernam fue capaz de dar con ellos—. Rápido, salgamos por la puerta del servicio—.

—Magnifica idea, primo. ¿Por qué no se me habrá ocurrido antes? Luego me contarás dónde has estado —no dejaba escapar una.

Pantera estaba a punto de seguirles cuando le vino a la mente una macabra idea.

—No, debemos quedarnos donde puedan vernos.

En un momento como aquel, con tantas tensiones políticas, no sería extraño que alguien quisiera aprovechas aquella oportunidad para deshacerse de ellos.

—Pantera, por favor, confíe en mí —Sus ojos se habían vuelto un poco más claros.

Bueno, tampoco era como si entre aquella masa de gente estuvieran a salvo. Solo los empujones ya le habían hecho varios moratones que se dejarían ver a la mañana siguiente.

—¿A dónde vas?

Una vez salieron del complejo, por suerte sin mayores daños, Lunot se precipitó en pos del origen del estruendoso sonido.

—Es obvio, ¿no? Pretendo averiguar qué está pasando.

—Convocarán un Consejo extraordinario y nos enteraremos por la mañana.

—¡Qué inocente eres, primo! Anda, sé un buen chico y acompaña a mi invitada a casa, ¿quieres? —Y los dejó.

—Me gustaría saber de dónde saca tanta energía —dijo ella.

—Y a mí —comentó él casi con una sonrisa y olvidando la situación en la que se encontraban—. Bueno, será mejor que…

—Sí, será mejor.

Ilseris podría haber estado en llamas, que no por eso aquella pareja habría actuado de forma distinta: era casi como si la alarma no estuviese sonando.

—¿Qué tal la fiesta?

—¿En serio? La ciudad está sumida en el caos, ¿y vamos a hablar de la fiesta?

¡La gente corría para llegar a sus casas! Bien pensado, los raros debían de ser ellos, que solo caminaban y casi en silencio.

—Es cierto, perdón.

Sí, la verdad es que aquella no era una conversación adecuada dada la situación, pero la ponía más nerviosa caminar en silencio junto a Vernam que la dichosa alarma. Así que decidió responder la pregunta del Odba.

—Un imbécil llamado Tsuntus, o algo así, se ha ofrecido para convertirse en mi marido. Por lo demás, todo normal. ¿Y tú dónde estabas?

—¿¡El vocal del Consejo os ha pedido en matrimonio!?

La sorpresa de él le resultó… agradable. Sí, aquella reacción le gustaba. ¿Pero por qué?

—No me dijo cuál era su posición exactamente, pero llamaba a Lunot por su nombre de pila y…

—¡No debisteis escucharle! Es evidente que sabe escoger bien sus palabras o no habría llegado a vocal, pero todo el mundo sabe que persigue…

Vernam siguió despotricando sobre Tsuntus, y Pantera estaba tan encantada con aquello que ni siquiera se molestó porque la hubiese interrumpido.

—No te preocupes, no tengo la más mínima intención de aceptarle —Y no supo por qué, pero sonrió.

—¿No? Bueno… sí… yo… De todos modos, siempre he pensado que…

Se había puesto nervioso, y ella también se había empezado a inquietar, aunque aún no sabía por qué.

—¿Sí?

—Creo que los matrimonios mixtos no funcionan: debilitan la sangre Odba.

Fue una suerte que acabaran de llegar a su destino, porque en cuanto Pantera escuchó aquello todo aquel nerviosismo y expectación que había ido acumulando inconscientemente se esfumó. Se sintió débil pero también muy triste, y lo peor de todo fue descubrir el por qué.

—¡Soy estúpida! —suspiró, antes de entrar en la casa y dirigirse a la habitación en la que se alojaban Roka y ella.

Se había dejado confundir por el entorno y había olvidado la verdadera razón por la que estaba metida en semejante lío. ¡Y encima le había pasado con el mismo que la había arrastrado hasta allí! ¡Qué absurdo! ¡Ridículo! ¡Estúpida, estúpida, estúpida! ¿Por qué? ¿¡Por qué!? No tenía sentido, nada tenía sentido. ¡Qué estúpida!

La mañana llegó para todos mucho antes de lo que a ninguno le hubiese gustado. La alarma estuvo sonando gran parte de la noche y raro fue aquel que amaneció sin ojeras, dolor de cabeza, o alguna clase de neurosis debido al estrés. Lunot, sin embargo, parecía un chiquillo que acabara de echarse la siesta de su vida, y eso que regresó cuando la noche dio paso al día.

—A veces me pregunto si eres realmente un mortal como los demás —le dijo Vernam entre bostezos.

—No seas envidioso, primo. No tienes ni idea de por qué sonó la alarma, de lo contrario estarías tan excitado como lo estoy yo.

Pantera no estaba de humor para aquellas tonterías, aunque después del palo de la pasada noche tal vez fuese ese tipo de conversación lo que ella necesitaba.

—De saberlo, no habríamos madrugado para recibirte —respondió la mujer.

Yazde, la esposa de Lunot, no había tenido aquel detalle con su conyugue: seguía en la cama y nada indicaba que fuera a levantarse pronto.

—Me ofendes, querida —se puso la mano en el pecho—. ¿Quieres decir que no os habríais levantado para desayunar conmigo de no haber averiguado lo que pasó anoche? —se hizo la víctima.

—Deja las escenitas de teatro y dinos de una vez qué activó esa dichosa bocina —lo apremió su primo.

—¿Recuerdas la antigua entrada este? Esa que era a través de los acantilados.

—¿Sigue abierta? Pensé que la cerraron cuando aquel turista se despeñó.

—No, no, al parecer seguía abierta.

—Ah, ¿y ha entrado alguien por ella?

Al principio la mujer no entendió nada, pero de repente su mente empezó a hacer conjeturas.

—Sí, un par de Shuc-las y algún que otro humano, pero no ha sido su llegada lo que activó la alarma.

—¿¡Shuc-las!? ¿Aquí en Ilseris?

¿Podrían ser Golondrina y el resto?

—Acabo de decírtelo, ¿tan dormido estás que no me escuchas? De verdad que hay veces en las que te echaría a los lobos, primo.

—¿Qué… qué ha activado la alarma? —preguntó Pantera, pensando que así podría obtener información sobre los recién llegados.

—¡Por fin alguien que lo pregunta! Deberías tomar nota de ella, Vernam. ¿Por qué apartas la mirada? ¿Qué ha pasado entre ustedes dos?

¡Qué agudo! Casi daba miedo lo acertado que solía estar. De hecho, de no ser tan extravagante y voluble, como lo calificaban muchos, nadie lo tacharía de loco sino de genio.

—¿Quieres responder la dichosa pregunta de una vez?— se había enfadado tanto por aquel interrogatorio que hasta se levantó de su asiento.

Que ella estuviese disgustada era normal y comprensible, ¿pero él?

—Está bien, está bien —alzó las manos en señal de paz—. Uno de los… visitantes, llamémoslos así, era un Señor del Clima.

—¡Anda ya! —Pantera no pudo evitar exclamar aquello.

—Palabra de honor. No sé cómo es posible, porque a simple vista parece un humano normal, pero algo pasó que activó sus poderes momentáneamente y varios de los antiguos caminos han sido sellados por… ¿Adivináis qué? ¡Magma!

¿Qué tenía eso de especial?

—Imposible —susurró Vernam con un suspiro.

Estaba claro que para los Odbas aquello fue algo notorio, pues no tardó en llegarles la notificación de que se había convocado una sesión extraordinaria del Consejo de ancianos. En cuanto a la mujer… Bueno, sino eran Golondrina y el resto, poco le importaba aquella situación.

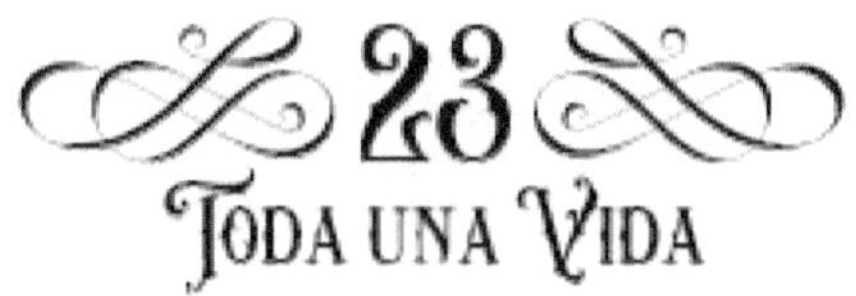

23
TODA UNA VIDA

Aquello fue como una puñalada en el pecho. No, como una puñalada no, fue mucho peor. Becna sufría; había una especie de humo envolviéndole, su piel se secaba y resquebrajaba, y de las heridas salía un líquido humeante que no era sangre, ni como nada que ella hubiese visto nunca. Y lo peor era no poder acercarse a él para consolarle, ayudarle…

La tierra se había quebrado, y su amado era el centro de aquel caos. El aire a su alrededor era tan caliente que bastaba una simple bocanada para quemarse los conductos respiratorios. Y toda aquella lava… En Kenlott no había ningún volcán, nunca lo había habido, ¿de dónde había salido todo ese magma? ¿Y por qué Becna estaba cada vez más lejos de ella?

Uno de los criados la había cogido en brazos y la alejaba de allí tan rápido como sus piernas le permitían. Había quienes no podían respirar, incluso había quienes se ahogaban con su propia sangre debido a las heridas producidas por respirar aquel humo, pero era como si todo lo que estaba pasando fuese externo a ella. Podía verlo, sentir su propio dolor, y sin embargo su mente aún no acababa de aceptarlo. Una lágrima pionera resbaló por su mejilla, aunque solo fue capaz de avanzar unos pocos centímetros antes de que el calor la convirtiese en gas.

Y Becna… Su cuerpo ya no parecía el de un hombre. Era como si el magma y el fuego lo hubiesen revestido, empujándolo a las profundidades de la tierra. No… Becna… ¡No!

—¡Ha vuelto en sí!

Tardó unos instantes en reconocer aquella voz, aunque lo que más le costó fue centrar la vista en aquella oscuridad.

—¿Dónde estoy? ¿Qué ha pasado?

—¿No recuerdas nada? —Aquello se lo preguntó el muchacho al que llamaban Kirt.

—Entramos en la cueva… —empezó a decir, pese a que necesitó ayuda para recordar el resto.

Efectivamente, entraron, y no tuvieron que andar mucho para encontrar algún vestigio Odba. Aunque todo estaba tan abandonado… Era como si aquella entrada llevase años no, décadas sin usarse.

—¿Recuerdas el mausoleo?

Cuanto más se adentraron en la cueva menos natural parecía todo. Llegaron, incluso, a una zona con estatus y gravados. Algunas de las tallas eran tan exquisitas que costaba imaginar el motivo de semejante abandono, y de repente lo vieron. Becna no sabía leer, así que no pudo interpretar lo escrito al pie de la estatua, sin embargo conocía a la persona allí representada.

—Era la tumba de Ahsed.

En aquel momento estalló, confuso. ¿Cómo era posible la existencia de aquella tumba cuando ella lo había acompañado durante tantos años en su tertulia como Señor del Clima? Había pocas cosas de las que fuera consciente en ese estado, pero de la presencia de ella no le cabía ninguna duda. ¿Con quién si no habría tenido tal grado de comprensión sin palabras? ¡Todo era muy confuso! Siempre había tenido claro que aquella a la que llamaban Saida era en realidad Ahsed. ¿Podían no ser la misma persona?

—Sí, amigo —se acercó Rull—, aunque por poco la conviertes en la nuestra.

—¿Qué quieres decir?

—Mostaz aún está tratando de calmar a Hiedra. La muchacha se puso tan histérica al ver al causante de la destrucción de su tierra que ha necesitado más atención médica que los que sí sufrimos heridas.

Solo cuando dijo aquello se dió cuenta Becna de las vendas y erupciones cutáneas de algunos de ellos debido al calor, y entonces lo comprendió. De alguna forma, esa cosa que forzaron aparecer en él, había vuelto a surgir.

—¿Cómo he regresado a…? —Iba a decir a la normalidad, pero se detuvo, pues ya no estaba seguro de qué era lo normal en él.

—Fue Kirt —respondió la mujer Shuc-la.

—¿Cómo? —miró al muchacho—. ¿Cómo lo has hecho?

—Traje conmigo un invento; una especie de acumulador de la energía de los Señores del Clima, y funcionó —Pese a su hazaña no parecía nada orgulloso—. Te lo mostraría, pero los Odbas me lo confiscaron. Aunque lo cierto es que el mérito no fue de mi máquina; no lo habría logrado si no hubiese aparecido aquel hielo.

—¿Qué hielo?

—Esperábamos que tú pudieras decírnoslo —dijo Kirt—. Porque ese hielo procedía de ti, ¿no es así? —le preguntaba a él, pero miraba a Golondrina.

—No hay otra explicación —se encogió de hombros la mujer.

—Cuando estábamos en Tatlas también nos guio un camino de nieve cuando se suponía que era imposible. ¿Podría ser que Saida… que Ahsed siguiese con vida? —preguntó Rull.

—Solo había un Señor del Clima en Tatlas cuando llegamos —insistió la Shuc-la.

—¿Pero podría seguir viva? —olvidando su malestar, Becna se incorporó—. Ese mausoleo era otro escenario, ¿verdad? Como aquel pueblo falso.

Becna se había recuperado casi por completo, lo que entre otras cosas significaba que su visión se había despejado. Fue así como vio que se encontraban en una especie de cárcel.

—Los únicos allí éramos nosotros —volvió a decir ella.

—Pero ese mausoleo no puede ser verdad… ¡No puede haber muerto dos veces!

—Puede que la Señora del Clima, Saida, no fuese esa tal Ahsed —observó Kirt.

—No creo que ahora sea el mejor momento para eso —le hizo señas Rull para que se callara, viendo lo susceptible que estaba el pelirrojo y temiendo que volviese a surgir su otra faceta—. ¿Salimos por nuestra cuenta o esperamos a que regresen los Odbas? —cambió de tema.

—Han estado escuchando desde el principio —les informó Golondrina.

Se oyeron unos pasos en la lejanía, y en cuestión de unos pocos segundos apareció ante ellos una mujer de piel negra y ojos claros, casi blanquecinos. Iba ataviada con un vestido de dos piezas de color crema, o puede que fuese más oscuro, porque lo cierto era que costaba verlo con aquella oscuridad.

—El Consejo Odba lo recibirá ahora, Señor del Clima Luyoe —hizo una señal y aparecieron otros dos Odbas que abrieron la puerta de la cárcel por ella—. Si tiene la bondad de seguirme.

—¿Y el resto? —quiso saber Rull.

—Serán llamados cuando llegue el momento —respondió la recién llegada que, al ver el rostro lleno de dudas de Becna, añadió lo que creía que él quería oír—. Imagino que tendrá muchas preguntas, permítame ayudarle con eso.

Tras lo ocurrido, la oferta resultaba demasiado tentadora como para rechazarla.

—Muy bien. Iré a ver a esos Odbas.

—Gracias, señor —Después de salir él, los dos vigilantes cerraron las puertas de aquella extraña cárcel y desaparecieron tal y como había aparecido—. Permítame decirle que es un verdadero honor estar en su presencia.

Entre todas las cosas que podría haberle dicho, aquella era una muy extraña e inusual.

—Casi mato a mis compañeros de viaje, no creo que sea algo que merezca ninguna admiración.

Había luz una vez salieron de la prisión, pero no era la del Sol. No podía serlo, porque allí no había cielo.

—Si no fuera por usted, Señor del Clima Luyoe, ni Ilseris ni la civilización Odba existiríamos tal y como somos ahora.

¿¡Qué!? ¿De qué estaba? Un momento. Se dio cuenta de que si se dejaba llevar por las palabras de la mujer, jamás podría preguntarle lo que en verdad quería saber.

—El mausoleo que hay en… —no sabía explicar bien dónde estaba—. ¿Esa tumba es de Ahsed?

—Así es, señor. Se trata de un antiguo monumento en honor a nuestra fundadora, aunque sus restos no se encuentran allí.

Entonces no era una tumba de verdad.

—¿Dónde están?

Tardó en comprenderlo, pero finalmente se percató de que seguían bajo tierra, en una especie de súper-cueva en la que aquel pueblo había construido su nación.

—En cuanto a eso, existen varias versiones que… —se aclaró la garganta tras hacer contacto visual con él—. Hay quien dice que nuestra fundadora no murió, sino que se convirtió en la Señora del Clima Saida y que viajó hasta donde su amado se encontraba para vivir eternamente a su lado. Otros creen que murió y que sus restos están aún en la antigua ciudad de Kenlott, pero la mayoría cree que simplemente se perdieron al final de la gran guerra como los de tantos otros.

Pero si había muerto, ¿quién había estado con él en Tatlas?

—¿Cómo…?

—Disculpe que le interrumpa, señor: ya hemos llegado.

El edificio al que llegaron estaba tallado en la mismísima roca y llegaba hasta el falso cielo de aquella cavidad. Tenía columnas tan altas como él mismo con gravados, seguramente históricos, y había al menos sesenta de ellas. Aunque Becna no se puso a contarlas.

—¿Qué es todo esto?

—Es el patio del Consejo.

La idea que tenía él de patio distaba mucho de aquello.

—Si no he visto ni una sola planta en toda la ciudad —no fue una pregunta, pero su guía se la tomó como tal.

—Tenemos tres grandes zonas verdes en Ilseris, aunque no creo que le sea posible verlas hoy. Si quiere puedo organizarle una visita una vez termine su vista con el Consejo.

—No, gracias.

Tampoco es que estuviese interesado en verlos. Lo que sí que empezaba a echar de menos era la luz del Sol.

—Estoy a su disposición.

Ya antes de llegar a la parte interna del edificio, empezaron a escucharse voces de gente discutiendo. La mayoría hablaban sobre él y si sería seguro o no tenerle allí.

—¿Y esta gente para qué quiere verme?— se había olvidado de preguntar lo más importante—. ¿Es que tú no vas a entrar? —se giró sobre sí mismo al ver que la Odba quedaba rezagada.

—No se me permite entrar ahí, señor. Pero, por favor, continúe: ha sido un verdadero honor guiarle hasta aquí. Si cambia de idea con respecto a visitar lo jardines, no dude en comunicármelo.

No es que aquel trato le molestase, aunque se le hacía raro. Excluyendo al extraño grupo al que se había unido, la última vez que convivió con alguien su valor como persona era inferior al de un objeto corriente.

Llegó hasta una pequeña sala con alguna que otra pintura y estatua de mármol negro. La decoración no le llamó demasiado la atención, no tanto al menos como las grandes puertas de madera que filtraba las voces que antes habían llegado hasta él. ¿Cómo sería el vocerío allí dentro si aquellos portones no habían conseguido aislarlo? Miedo le daba entrar.

En fin, no se lo pensó mucho y se aventuró a descubrir lo que le aguardaba tras aquella puerta. Su acción tuvo el efecto de silenciar toda la habitación: un semicírculo con hasta cuatro niveles de pupitres puesto de forma escalonada uno encima de otro. Allí habría al menos unos cien Odbas, puede que algo menos, y en la parte más céntrica de la estancia había una mesa con cuatro ocupantes; tres hombres, ataviados de forma similar, y una mujer... Curioso. Hasta ese momento todos los Odbas con los que se había cruzado tenían los ojos claros, y no negros como los de aquella fémina.

—¿Es usted Luyoe? —preguntó uno de los hombres de la mesa céntrica.

—Así me llaman algunos, aunque mi verdadero nombre es Becna —su respuesta causó algunos murmullos—. Y bien, ¿quién lo pregunta y por qué?

—¡Silencio! —habló el mismo personaje, pero dirigiéndose a los murmullos—. Soy Tsuntus, vocal de este Consejo. ¿Por qué ha venido a Ilseris, Señor del Clima Luyoe?

—Becna —lo corrigió—. Mi compañera…— ¿podía llamarla de verdad así? Ni siquiera sabía quién le había acompañado durante tantísimos años en la prisión de fuego en la que los antepasados de aquella gente lo habían encerrado—. Me dijeron que aquí podría encontrar alguna pista sobre el paradero de los responsables de la muerte de… Saida.

—¿Es por eso que ha recobrado su forma humana, para buscar venganza? —Tenía las preguntas anotadas, seguramente las habían estado preparando mientras aquello Odba lo guiaba hasta allí.

Becna casi se rió con aquella pregunta. ¿Venganza? ¿Por quién? ¿Por Ahsed? Según le habían contado ella podría haber muerto hacía ya mucho tiempo, y en cuanto a Saida… Ni siquiera sabía quién era Saida.

—No, no busco venganza. Quisiera saber qué fue de Ahsed tras mi partida: su verdadera historia —añadió—. Y si era ella Saida o no… Si no lo era, quisiera conocer la identidad de quien sí lo fue.

No importaba que aquella Señora del Clima no hubiese sido su amada, o que ya estuviese muerta. Lo había acompañado durante su tertulia: había estado con él cuando nadie más lo hizo, dedicándole casi toda su existencia, y se merecía que alguien la recordara. Puede que pareciese una locura pero, como alguien que había sufrido lo que era no ser nadie, Becna se creía en la responsabilidad de averiguar cuál había sido la verdadera identidad de Saida antes de der convertida en Señora del Clima. Solo así lograría quedarse en paz consigo mismo.

—Si lo he entendido bien, solo desea información de nuestra parte, ¿cierto?

—Así es, y mis compañeros también —dijo, recordando al grupo.

24
NUEVAS ALIANZAS

Descubrir que el lugar al que los invasores llevaron a Pantera y a Roka fue Ilseris era una posibilidad que ya habían barajado, pero encontrar a la mujer presidiendo el Consejo Odba estaba fuera de toda expectativa. Pantera no solo había sobrevivido al secuestro, sino que ahora gobernaba al pueblo que la había secuestrado. ¡Esta increíble! Casi tanto como la fría actitud con la que los recibió.

—Ya me imaginaba que seríais vosotros.

Lo normal en ella habría sido que les reprochara a gritos su tardanza en ir a rescatarla, o que hiciese algún comentario borde y cortante al respecto, pero permanecía calmada y serena. Encajaba tan bien en aquel entorno que más de uno se preguntó si era la misma Pantera con la que habían convivido en la torre y no una Odba disfrazada.

—¿Conoce a los intrusos? —preguntó el vocal a la mujer.

—Vivía con ellos antes de venir a este lugar.

Uno de los Odbas sentados en las tribunas pidió la palabra.

—¿Debemos entender con eso que la única tutora y voz del príncipe Roka, la misma que ahora preside este Consejo, ha convivido con Shuc-las?

Aquella pregunta tan larga y pomposa fue formulada con el propósito de crear el caos dentro de la sala, y lo consiguió. Algunos se levantaron para defender la posición de Pantera, mientras que otros la atacaban, pero ninguno prestaba ya atención al verdadero asunto que los había llevado a reunirse.

—Tengo la impresión de que no notarían nuestra ausencia ni aunque anunciásemos a gritos que nos vamos antes de salir por la puerta —comentó Rull.

Ni Mostaz ni Hiedra estaban allí con ellos. Seguramente porque aún necesitaban cuidados médicos: el muchacho se había quemado protegiendo a la chica.

—Me pregunto si es así como son todas las reuniones de esta gente —dijo Kirt, ausente contemplando a la sala y a los presentes.

Golondrina, sin embargo, sonrió por la idea de que los gobernantes Odbas solo pudiesen discutir como críos cuando debían solucionar un problema real. Para ella aquella simple escena respaldaba su odio visceral a una raza que consideraba inferior a la suya en todos los aspectos. Ni siquiera por los humanos había sido capaz de desarrollar un desprecio como el que sentía hacia los Odbas, y eso que durante años se vio forzada a trabajar para ellos.

—¡Silencio! —exclamó el vocal—. No estamos aquí para juzgar la legitimidad de la regente, sino los actos llevados a cabo por los presentes intrusos la pasada noche. ¿Secretario?

Se puso en pie el Odba sentado al otro lado de la mesa del vocal que, por cierto, iba ataviado de forma similar a este. Era bastante más viejo que el que le dio la palabra y precisaba de una lente de mano para leer.

—Por los crímenes de alboroto y destrucción de la propiedad pública, este Consejo declara a los presentes intrusos culpables. Por la violación del acuerdo de no interferencia ni invasión de las tierras propias, recogido en los estamentos de esta nación y acordados con el pueblo Shuc-la al final de la gran guerra, este Consejo declara a los intrusos Shuc-las culpables. El castigo, por tanto…

—¿No tenemos derecho a defendernos? —preguntó Golondrina, cuyos ojos hablaban por ella, desvelando sus verdaderas intenciones para con el primero que se atreviese a contrariarla.

—¿Podrían explicarme qué es eso de «alboroto y destrucción de la propiedad pública»? No recuerdo haber roto nada —intervino Kirt.

—El único que ha destrozado algo aquí he sido yo —confesó Becna.

Hubo varios murmullos, algunos de ellos indignados porque los intrusos se hubiesen atrevido a hablar, y otros temerosos de que Luyoe pudiese despertar allí mismo.

De repente, el Odba sentado entre el vocal y el secretario, es decir, al lado de Pantera, se levantó, obligando al resto a sentarse.

—¿Hay alguien entre los presentes que crea que los acusados tienen derecho a una defensa ante este Consejo después de los crímenes cometidos?

Por alguna razón todas las miradas empezaron a concentrarse en la regenta, como ellos la llamaban, casi seguro porque esperaban que fuese ella la que defendiera a los intrusos. Parecían buitres aguardando que su comida diese el último suspiro antes de abalanzarse contra ella. Para desgracia de gran parte del Consejo fue otro Odba el que habló a favor de los acusados.

—¿Alguien podría explicarme los motivos de esos cargos? No los entiendo.

Otro Odba se levantó.

—Conde Lunot, todos sabemos de sus excentricidades, pero esto es pasarse.

—¿Por qué? ¿Acaso no ha reconocido el Señor del Clima Luyoe ser el causante de los destrozos? ¿Por qué culparlos a ellos, entonces?

El Odba que se había levantado se sentó, aunque no tardó mucho en sustituirlo otro.

—Aun así, el alboroto que causaron…

—Querrá decir el alboroto que causó la activación de esa anticuada alarma —lo corrigió el tal Lunot—. Y pensar que la vieja entrada abandonada seguía abierta… Es un milagro que en todos estos años no haya pasado nada —observó con tono melodramático.

Aquello levantó ciertos murmullos, pues nadie se atrevía a culpar a Becna por miedo a enfurecerle. Eso libró al grupo de los cargos de alboroto y destrucción de la propiedad pública, pero aún quedaba algo por lo que podían ser juzgados. Dos de ellos, al menos.

Resultó bastante cómico ver cómo, una vez más, el secretario del Consejo Odba nombraba los crímenes cometidos por Mostaz y Golondrina y cómo, de nuevo, el llamado Lunot pedía turno de palabra.

—Hable —cedió el secretario, tan cansado como el resto por aquellas intervenciones.

—Si lo he entendido bien, la regenta vivía con esos dos Shuclas antes de venir aquí, ¿es cierto?

—Sí —respondió Pantera con cara de no entender por qué se le preguntaba aquello.

—Conde Lunot, céntrese, no estamos discutiendo…

—Por favor, vocal, déjeme acabar. Regenta —se dirigió de nuevo a la madre de Roka, que lo miraba con una mezcla de curiosidad y vergüenza ajena—, ¿es cierto que fue traída a la fuerza a Ilseris?

—Sí —volvió a decir ella.

En esta ocasión el movimiento más llamativo de la sala fue el de un Odba, sentado en la hilera de mesas más alejadas, que encerró el rostro entre sus manos.

—En ese caso, este Consejo debería estar de acuerdo conmigo en que los primeros en… ¿Cómo lo había llamado el señor secretario? Ah, sí. Los primeros en «violar acuerdo de no interferencia ni invasión de las tierras propias» fuimos nosotros, al enviar a dos de los nuestros para que trajeran a príncipe Roka, en ese momento habitante de una propiedad Shuc-la.

Lo que se levantaron en ese momento no fueron murmullos, sino voceríos.

—¡Protesto!

—¡Esto es inaudito! —Y cosas mucho peores que se dijeron en esa sala.

—¡SILENCIO! —el pobre vocal se estaba dejando la voz en aquella reunión—. ¿Señor presidente?

Se hizo el silencio cuando el anciano se incorporó.

—El acuerdo ha sido quebrantado y los responsables deben ser castigados —Un murmullo de aprobación secundó aquello.

—¿Incluso cuando una de las partes que firmó el acuerdo ha dejado de existir?

—¿¡Es que no ha tenido suficiente, Conde Lunot!? —exclamó ya cansado el vocal.

—Seamos claros: Siresli ya no existe y los acuerdos firmados con sus ancianos ya no son válidos. Pero, vamos, supongamos que aún lo son, en ese caso me gustaría saber cómo piensa este Consejo castigarse a sí mismo. Después de todo fuimos nosotros los que dimos la orden de traer al príncipe Roka —dicho lo cual hizo una sutil señal a Pantera, que se levantó.

—No habrá castigo —anunció la mujer.

—Regenta —habló el secretario—, la violación del acuerdo debe sancionarse.

—Entonces, ¿quiere usted proponer un castigo adecuado para este consejo? —no mencionó el secuestro de su hijo ni el suyo propio—. Preferiría no ponerlo yo —con el poder que ella sola manejaba bastaba que solo uno de los Odbas allí presentes la apoyara para que cualquier cosa que quisiese se volviera una realidad.

La Pantera que ellos conocían los habría molido a todos a palos de haber podido. Así que, o mucho había cambiado o muy bien había aprendido a contenerse. En cuanto a los Odbas, ninguno quería ser castigado, de modo que se perdonó a los Shuc-las su entrada sin permiso en Ilseris con la condición de que se marchasen de inmediato.

—No nos vamos —dijo de pronto Golondrina con su habitual tono cortante.

La sorpresa fue general, aunque a Pantera se le iluminó el rostro, y Rull se imaginaba por qué. Claro que ellos no habían ido hasta allí para rescatarla, pese a que debieron hacerlo, sino a recaudar información sobre el grupo de Aniki. Pero el antiguo galán fue lo suficientemente tenaz como para darse cuenta de que si la secuestrada se enteraba de aquello de boca de la Shuc-la, la relación entre ambas terminaría para siempre.

—Tenemos motivos para creer que este Consejo puede tener información sobre el paradero de cierto grupo de Shuc-las —Dicho lo cual, le dio un sutil codazo a Kirt para que dejara de estudiar la sala y continuase con aquella conversación.

—¿Es para eso para lo que habéis venido? —preguntó Pantera.

Ninguno de los del grupo quiso responder aquello, ni siquiera Golondrina, que debió negarlo aunque fuese verdad. Porque debieron ir tras la pista de quienes secuestraron a los suyos mucho antes que tras la venganza que tanto deseaba la Shuc-la. Pero eso ya se lo había dicho Rull.

—¿Se refieren a los causantes de la caída de Siresli? —preguntó el vocal tras intercambiar un par de frases con el presidente y el secretario.

En aquel momento Pantera se incorporó casi de un brinco y atravesó la sala en dirección a la puerta. La abrió, salió por ella, y no regresó.

—Están bien informados —dijo Kirt—. ¿Saben dónde podemos encontrarlos?

—¡Directo al grano! —exclamó el tal Lunot riéndose.

—Ve tras ella —instó Rull a Golondrina, pero en voz baja.

—Tal vez tengamos la información que quieren —dijo el vocal, ignorando la partida de la mujer.

—No creo que este sea el mejor momento —respondió la Shuc-la en el mismo tono bajo.

—Si no vas tras ella ahora, perderás a la única familia que te queda —la advirtió Rull.

—Imagino que querrán algo a cambio de ella —continuó Kirt con las negociaciones.

—No puedo salir ahora —le recordó ella.

—¡Claro que puedes! —casi alzó la voz—. Eres Golondrina, ¿no? Puedes detener a un Señor del Clima con una sola mano, ¿qué son un puñado de Odbas?

Divertida por sus palabras, la Shuc-la no solo sonrió con los labios, sino con los ojos. Y hasta sus mejillas se tiñeron de un tenue rosado antes de darse media vuelta y salir corriendo por la puerta.

—¿¡A dónde va!? —la sorpresa del vocal no hizo sino poner en palabras los pensamientos del Consejo.

—Negociábamos una posible alianza, si no recuerdo mal —alzó la voz Rull, exuberante, tras haber logrado hacer reaccionar a Golondrina.

Al final la mala decisión de la mujer no había sido más que el resultado de su propia incertidumbre, un error que pronto se enmendaría. Con mucho trabajo y esfuerzo, dado que debería enfrentarse a Pantera, pero por algo debía empezarse.

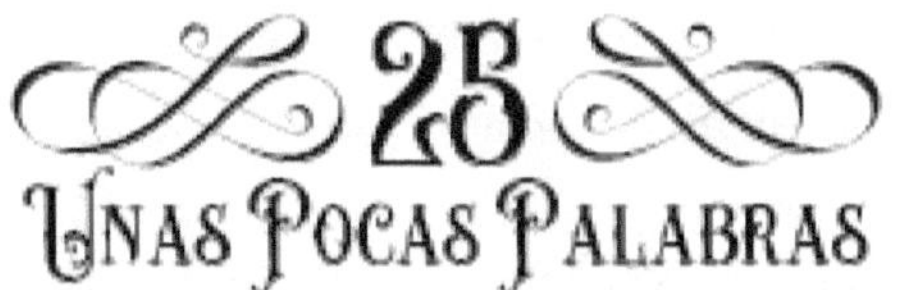

25
UNAS POCAS PALABRAS

No estaba muy segura de por qué estaba yendo tras Pantera, pero salir por la puerta del Consejo de aquellos odiosos Odbas y dejadlos atrás con la palabra en la boca… ¿Cuánto tiempo hacía que no se sentía así de bien?

Pronto alcanzaría a su ahijada y aún no sabía qué debía decirle. No podía negar que deseaba ardientemente vengarse, sin embargo su decisión de ir tras la pista de Aniki había sido lógica, pues no podía saber a dónde se habían llevado a lo que quedaba de su familia, como bien los había llamado Rull.

—¿Qué quieres? —Pantera se detuvo en seco, solo que Golondrina no fue capaz de responderle aquella pregunta—. ¿Se puede saber para qué me has seguido? Lo que tanto quieres está allí detrás —señaló el edificio del Consejo.

—Estás enfadada…

—¡¡Sí, claro que estoy enfadada!! ¿Sabes cuánto tiempo llevo aquí sola tratando de sobrevivir? Si fuera por mí ya me las habría apañado para escapar, pero tengo a Roka, y él solo me tenía a mí para protegerle —se le saltaron las lágrimas—. ¿Por qué no viniste a por nosotros?— la Shuc-la abrió la boca, aunque no le dio tiempo a decir nada—. Oh, ya sé por qué, pero de estar vivo Röu, habría venido a rescatarnos. A intentarlo al menos. ¿Qué has hecho tú?

Por fin hubo un momento en el que Golondrina pudo hablar.

—Buscaba la forma de…

—De vengar a padre, ¡ya lo sé! —la interrumpió su ahijada—. ¡Röu está muerto, Golondrina! Y tu venganza no va a cambiar eso —trató de recobrar la compostura.

Así fue donde la Shuc-la empezó a perder los estribos.

—No es mi venganza.

—Sí, sí que lo es. Tú la has hecho tuya, ¡incluso has renunciado a nosotros por ella! —por supuesto se refería a Roka y a ella.

Golondrina trató de calmarse.

—Solo te he seguido porque Rull…

Su intención era explicarle la verdad, que hasta ahora no habían sabido donde se encontraban, sin embargo Pantera no le dio tregua ni cuartel.

—¿¡Rull!? ¿En serio? ¡Vaya! Te ha costado mucho sustituir a mi padre por él.

—¿De qué estás hablando? —no tuvo que fingir el enfado, ni tampoco se preocupó de disimularlo.

—¡No te atrevas a hacerte la inocente conmigo! ¡Debes de estar encantada! Puede que mi padre no te hiciese caso pero Rull…

—¿Que de qué estás hablando? —repitió la pregunta tras dar una fuerte patada en el suelo para no descargar su enfado sobre su ahijada.

—A mí tus trucos no me intimidan —apretó los dientes Pantera—. Puedes seguir negándolo todo lo que quieras, pero si tanto te molestasen las atenciones de Rull hace tiempo que te habrías deshecho de él. Después de todo —rió—, eres una experta en apartar a la gente de tu lado —dicho lo cual siguió su camino.

Todo aquello había conseguido enfadar a Golondrina, quien estaba haciendo un gran esfuerzo por contenerse desde hacía varias frases, pero de algún modo aquel injusto reproche también había logrado confundirla. No fue capaz de seguir a su ahijada, y en cuanto a Roka… Él estaría bien; lo sabía. Aunque no podía decirse lo mismo de ella.

Ella no había sustituido a Röu, no, eso jamás. Y todo lo demás que había dicho Pantera era mentira: no podía ser verdad, y nunca lo sería.

—Tú ve a por Mostaz y la muchacha, yo buscaré a Golondrina.

—Es un buen trato, Rull —le dijo Kirt, tratando de disuadirle sobre lo que habían estado hablando con el Consejo Odba.

—¿Estás seguro? Porque yo tengo la sensación de que quieren que les hagamos el trabajo sucio; puede que ni siquiera… —su voz se fue apagando, pues se percató de que uno de los Odbas se había quedado rezagado y los miraba desde cierta distancia—. Creo que quiere hablar con nosotros —señaló con la cabeza al llamado Lunot—. Ve tú, se te dan mejor estas cosas.

—Déjate de escusas, que sé que quieres que le atienda yo para poder ir tú tras Golondrina.

Como respuesta, el galán sonrió mientras trataba de adivinar qué camino habría tomado la Shuc-la. Por fortuna ella ya estaba regresando cuando Rull salió del edificio.

Fue a preguntarle cómo había ido la conversación con Pantera, pero para su sorpresa había una inusual palidez en el rostro de la mujer; una especie de sombra. Inconscientemente, extendió la mano hacia ella como para apartar algo que allí no había. Aunque no llegó a hacer nada, porque ella lo apartó de un manotazo.

—No ha ido bien, ¿eh? —buscó la mirada de ella, pero no solo no la halló, sino que le fue imposible llegar hasta la Shuc-la, metafóricamente hablando claro—. ¿Qué sucede, Golondrina?

—Deberías irte.

—¿De qué estás hablando?

Ella había formulado esa misma pregunta antes, y el oírsela decir a él le trajo a la mente las palabras de Pantera, ya de por sí frescas, y la irritó hasta un punto casi indescriptible. Claro que de esto él no sabía nada: Rull solo fue testigo de cómo la actitud de la Shuc-la pasaba de distante a... ¿Cómo describirlo? Hace unos instantes no le veía, pero en aquel momento era como si la mujer estuviese pensando en empujarle por un precipicio.

—Ni esta es tu guerra ni tú perteneces a este mundo. Así que márchate.

Ella ya le había dicho antes palabras tan frías y crueles como aquellas, y sin embargo Rull creyó percibir un timbre distinto en la voz de la Shuc-la.

—Ya hemos tenido esta discusión antes y...

—¿Por qué sigues aquí, entonces? —De repente lo miró a los ojos con una mirada que Rull no había visto antes. No había odio, ni pasividad, pero sí mucha furia y determinación—. No importa lo que hagas o cuanto esperes. Jamás obtendrás de mí lo que quieres.

Se quedó perplejo, literalmente.

—No... no sé qué has hablado exactamente con Pantera pero yo...

—Márchate.

¿Qué había pasado? Se suponía que había hecho progresos con ella, ¿no? Todo el mundo se lo decía, y él mismo lo había notado.

¿Qué había pasado?

—Oye, sé que puedes sentirte algo acosada —Aunque después de dos años sin apenas resultados no se podía decir que Rull hubiese ido demasiado rápido—, y es culpa mía que te sientas así. Sin embargo, yo…

—Puedo decírtelo más alto, pero no más claro: no quiero volver a verte —Su voz se volvió amenazadora.

¿Qué? ¿Por qué? Pero si él…

—Pero yo te quiero.

No había sido consciente de decir aquello pero… ¡Maldita sea, era la verdad! Y no había otra forma de expresarlo, resumirlo o interpretarlo. Había sido así desde mucho antes de darse cuenta él, y no era algo que se pudiese cambiar fácilmente.

—¿En serio? —Y por primera vez pareció que se jactaba de conocerle mejor que él mismo—. Permíteme que lo dude. No eres más que un humano nacido en un hogar pudiente pero inestable. Lo que buscas en mí es el reflejo de lo que no pudiste tener, y eso no es más que una ilusión.

—¿¡Qué!? ¡¡No!! —Bueno, al principio empezó a fijarse en ella porque creaba para el viejo todo aquello que él no había podido… No podía ser.

—¿Ves? —continuó la Shuc-la tras interpretar su rostro—. Sabes que tengo razón.

Ella, entonces, empezó a alejarse para ir al encuentro de Kirt, que seguramente la convencería para bailar al son de la música del Consejo Odba a cambio de la información que buscaban. A Rull todo aquello le olía a chamusquina, pero no podía moverse del sitio. Le gustaría haber podido responder las acusaciones de Golondrina y sin embargo... Lo único que tenía en claro en ese momento era que veía borroso, que le goteaba la nariz y que le dolía el pecho. Lo primero y segundo podía solucionarse con un pañuelo, pero para lo último no tenía más remedio que poner tierra y tiempo de por medio.

26
No es Oro Todo lo que Reluce

Poco después de negociar con el Consejo Odba, uno de los presentes, el mismo que los había defendido, se hacercó para hablar con ellos. Rull aprovechó ese momento para escaquearse e ir tras Golondrina, Mostaz no estaba y el tal Becna, del que aún no se fiaba, se encontraba abrumado por su creciente popularidad. Así que le tocó a Kirt atenderle y agradecerle la ayuda que les había prestado.

—¡Menuda entrada triunfal la vuestra! Aunque creo que os habrían venido bien un par de ensayos más —comentó tras ver las vendas del muchacho—. Conde Lunot— se presentó—, y sí, el placer es todo mío.

Mientras correspondía la leve reverencia de aquel sujeto con una inclinación de cabeza, no pudo evitar pensar en todas las clases de individuos locos y extraños que atraía su variopinto grupo. Llevaban tiempo sin cazar tormentas, pero elementos… únicos no faltaban en su día a día.

—Yo soy Kirt. Muchas gracias por lo de antes.

Ya desde su llegada había tenido tiempo de fijarse en los ojos claros de los Odbas, pero la dentadura negra fue toda una sorpresa. Si estaba podrida, entonces la comida de aquel lugar era la peor del mundo, pues todo el mundo parecía tenerla así. Y en el caso de ser un rasgo hereditario de aquella especie se trataba de uno de los más antihigiénicos que jamás había visto, al menos en apariencia.

—Dime, chico, ¿quién de vosotros creó ese artilugio? El que dicen que absorbió parte del poder de Luyoe.

La mayoría de los Odbas tenían el cabello claro, como Roka, pero aquel lo tenía de un tono castaño casi negro.

—¿Importa?

No conocía a aquel personaje salvo por el hecho de que los había ayudado durante aquel injusto juicio, pero que se interesase por su invento no era buena señal.

—¡Ah, entonces has sido tú! ¡Estupendo! —sonrió.

—¿Qué es lo que quiere exactamente?

Porque algo debía querer si había ido a buscarles solo para preguntar eso.

—¿Cómo lo hiciste? ¿Un núcleo de Siresli tal vez? Sí, es lo único que lo explica —se respondió a sí mismo, aunque a Kirt le sonó como si lo estuviese infravalorando—. No creo que la Shuc-la te facilitara el acceso a él, así que ¿cómo sabías lo que estabas buscando?

Apenas habían intercambiado dos frases y ya empezaba a detestar a ese tipo. ¡Genial! Definitivamente lo suyo no era tratar con la gente, o más bien tragar con las tonterías de la gente. El modo en que aquel tipo se le había acercado indicaba que quería sonsacarle información mediante la provocación. Lo sabía, y sin embargo no podía evitar ofenderse y enfadarse.

—¿Se lo explico o lo deducirá usted mismo?

—¡No hace falta ser borde, chico! —se hizo el ofendido—. Diste con el núcleo de casualidad, ¿verdad? —guiñó un ojo.

¿Trataba de sonsacarle información o solo de provocarle? En cualquier caso Kirt no ganaba nada sulfurándose, así que trató de calmarse ante aquel obstáculo. Su invento ya estaba en manos del Consejo Odba, de modo que ese tal Lunot quería otra cosa de él, ¿pero qué? Tal vez debía atacar él también.

—Además del color de la piel y los dientes, ¿en qué se diferencia un Shuc-la de un Odba? —Aquella pregunta podría hacer que más de un oyente pasivo lo odiase, dada la rivalidad entre ambas especies, pero como era una duda que él mismo tenía decidió arriesgarse y provocar a aquel individuo.

Para su sorpresa el miembro del Consejo empezó a reírse.

—La mejor defensa es un buen ataque, ¿eh? Buen chico —le dio una palmadita en el hombro—. Te llamabas Kirt, ¿no es así?

Seguía tratando de provocarle haciendo como que no recordaba su nombre. Desde luego se le daba muy bien aquello, casi daban ganas de picar en el anzuelo.

—¿Por qué sus pueblos se separaron? Tengo entendido que antes de la guerra…

—¿Te interesan nuestras diferencias físicas o culturales? Tu provocación no me lo deja muy claro.

—Y la suya no da a entender lo que quiere de mí —gruñó.

—Ah, ¡has caído! —lo señaló mientras sonreía—. Creo que tú y yo vamos a llevarnos muy bien —El muchacho no opinaba lo mismo—. Oh, no me mires así: tenía que comprobar si tenías dos dedos de frente para ser tú realmente el creador de ese artilugio —justificó su trato—. ¿Qué te parece si nos respondemos preguntas mutuamente? Vamos, será divertido.

Aquel personaje no le gustaba nada, pero la curiosidad le pudo y lo siguió hasta una de las sillas de la sala del Consejo.

—¿Por qué se pelearon Odbas y Shuc-las? —Kirt decidió ser el primero en preguntar.

El tal Lunot parecía estar solo interesado en el invento del muchacho, no en la nieve que realmente detuvo a Luyoe, eso ni siquiera lo había mencionado aun. De ahí el joven dedujo que al Odba no le importaba como detener al Señor del Clima o si podía hacerse, no, solo si su chisme, como lo llamaban Golondrina y Rull, podía o no absorber el poder de aquellos seres.

—Así que atacaremos primero la historia, ¿eh? —asintió—. Digamos que en un momento determinado alguien encontró el modo de hacer mutar a los humanos para crear a los Señores del Clima, ¿vale? Pero no todos estaban de acuerdo con utilizar a otra especie para lograr energía. Así que hubo una guerra civil y el resultado fueron dos pueblos diferentes —explicó—. Me toca: ¿por qué creaste te ese artilugio?

No es que hubiese sido una explicación muy exhaustiva, más bien una historieta que explicase el resultado pero sin entrar en detalles. ¿Debía hacer él lo mismo? Si se dejaba picar tal vez no terminaría nunca de obtener la información que quería, así que decidió confiar en aquel Odba. Aunque no le gustase nada.

—De momento dependemos de Golondrina para detener los despertares de los Señores del Clima y…

—Supongo que Golondrina es la Shuc-la —Dedujo con acierto—, y creaste tu cachivache para no necesitarla cuando os enfrentaseis a un Señor del Clima. ¡Brillante!

Su elogio no le pareció tal al muchacho.

—¿Por qué los Odbas sois tan diferentes a los Shuc-las?

—¿Quieres decir que por qué somos negros? ¿O hablas de nuestros ojos claros y nuestros dientes ennegrecidos? —sonrió como evadiendo la pregunta, pero al final decidió responderla—. Si te digo que las diferencias entre nuestras especies radican en nuestras similitudes no sabrás de qué estoy hablando, ¿verdad? —Esperó a ver la reacción del muchacho, pero cuando este no dio señales de ir a responder el Odba añadió—. Ya me lo imaginaba —suspiró—. Está bien, probemos con una metáfora: digamos que cierto pueblo necesita de un medicamento para vivir, pero algunos deciden cambiarlo, evolucionar y tal vez dejar de usarlo. Los que cambiaron su tratamiento evolucionan, los que no se mantuvieron igual, sin embargo en esencia ambos siguen siendo lo mismo.

Otra vez una historieta que no entraba en detalles.

—¿Cambiaron los Odbas o los Shuc-las?

—Es mi turno amigo —sonrió con malicia—. Ese invento tuyo, ¿es reversible?

Nada más preguntar aquello se arrepintió: daba igual cuál de los dos hubiese cambiado, lo importante era ese medicamento metafórico. ¿Sería alguna clase de referencia a las conexiones mentales de los Shuc-las?

—¿A qué se refiere? —volvió a la realidad.

—Es evidente que tu aparato acumula de alguna forma el poder de un Señor del Clima pero, ¿el efecto puede invertirse?

De repente Kirt comprendió lo que quería preguntarle. Definitivamente, aquel personaje no le gustaba nada pero prefirió responder a la pregunta de forma sincera, pese a que ya imaginaba lo que iba a pasar a continuación. Porque si estaba en lo cierto, entonces aquel Odba podía resultar más un enemigo que un aliado.

—Sí, en teoría podría ser usado como arma.

El tal Lunot se sonrió.

—¿No ha sido una charla encantadora? —se levantó—. Bien, ya hablaremos otro día… esto… ¿Kirt?

—¡Espera un momento! —ya había supuesto que se marcharía cuando le dijese que su invento podía ser utilizado como arma, pero había una última pregunta que debía hacerle—. ¿Qué les pasa a aquellos que no siguen el tratamiento? —continuó con la metáfora.

—Creo que eso la lo sabes, ¿no? Después de todo los Shuc-las son famosos por sus tatuajes, o eso tengo entendido —dijo antes de marcharse.

Y Kirt tuvo que fastidiarse, porque aquel lunático ya había dado la conversación por terminada: lo único que le interesaba del invento del muchacho era que podía ser utilizado como arma. ¿Pero por qué? Daba igual, porque antes de marcharse se aseguraría de convencer a Golondrina para que recuperase su «chisme» por él. En cuanto la Shuc-la supiese que aquel invento podía ser utilizado por los Odbas no pondría reparos en recuperarlo, sobre todo si podía emplearse como arma contra Aniki.

Mientras esperaba a que Rull regresase junto con Golondrina decidió buscar algo más de información sobre aquel pueblo. Conociendo a su amigo, aun tardaría un buen rato en volver, así que tendría tiempo de sobra para investigar hasta quedarse a gusto. Debía averiguar a qué medicamento se refería la metáfora de Lunot, si es que era tal, pues si lo lograba tal vez los Shuc-las que formaban su grupo no tendrían los días contados por culpa de la maldición de los tatuajes. Eso a Rull iba a encantarle.

Y ahora que lo pensaba, si se trataba de un medicamento tal vez los sanadores que estaban atendiendo a Hiedra y Mostaz pudiesen darle alguna pista.

—Oiga, me duele un poco el brazo —mostró el que tenía vendado a causa de las quemaduras.

Por otro lado, si todo aquello era cierto, entonces ni Odbas ni Shuc-las eran distintos a humanos corrientes. Siempre le había llamado la atención a Kirt la facilidad con la que Siresli parecía acoger a humanos y mezclarse con ellos llamando pura sangre al resultado de la unión, pero si su pureza se debía a un medicamento entonces todo tenía sentido. O también podía ser que aquel liante de Lunot lo hubiese engañado y se estuviese comiendo el coco por nada, porque según recordaba los tatuajes estaban relacionados con los vínculos mentales entre Shuc-las. ¿O no?

Kirt no lo sabía, pero mientras su mente daba vueltas a aquellas ideas otros tomaban decisiones que acabarían con la unidad a la que consideraba su familia. Algunas de ellas sin vuelta atrás.

EPÍLOGO
LADRONES DE SUEÑOS

Kirt extrajo de su maleta aquella estatuilla que en su día le entregó Rull, y que era el sello de la única propiedad de este: Villarosada. Los Odbas les habían devuelto casi todo, a excepción del invento del muchacho, que ahora encerraba parte del poder del Señor del Clima Luyoe.

—¿Quieres que hable con ella? —se ofreció a ayudar a su amigo mientras le devolvía lo que era suyo.

Ni el muchacho ni Mostaz estaban muy seguros de lo que había pasado, pero el resultado era más que evidente: Rull se marchaba.

—No hay nada de qué hablar —dijo este—, y además solo conseguirías que te echara a ti también— miró al joven Shuc-la—. ¿Seguro que no quieres acompañarnos?

Rull iría a Ehsrab, al menos de momento, así que Hiedra se marcharía con él. Ayudaría a la muchacha a encontrar a su familia y luego… Bueno, ya pensaría lo que hacer cuando terminara con aquello. Después de todo, puede que ni siquiera diesen con los padres de la joven.

—Debo terminar lo que he empezado —respondió el Shuc-la con cierto aire de misterio, seguramente sintiéndose responsable de haberles llevado hasta allí.

Ya se había despedido de Becna, que se había convertido en toda una personalidad en Ilseris, e incluso había podido ver al pequeño Roka, que había crecido bastante desde la última vez que lo vio. Sí, todo estaba listo para su partida.

—No sé si volveremos a vernos, pero ha sido un placer conoceros y vivir tantas aventuras a vuestro lado. Os deseo la mejor de las suertes —Estrechó las manos de ambos, e incluso los abrazó, y luego junto con Hiedra, que ya estaba más que preparada para partir, se marchó.

Rull jamás volvería a formar parte de lo que alguna vez fueron los Cazadores de Tormentas y era muy probable que sus caminos no volviesen a cruzarse. Aunque eso era algo que ninguno podía saber de antemano, ni siquiera él mismo.

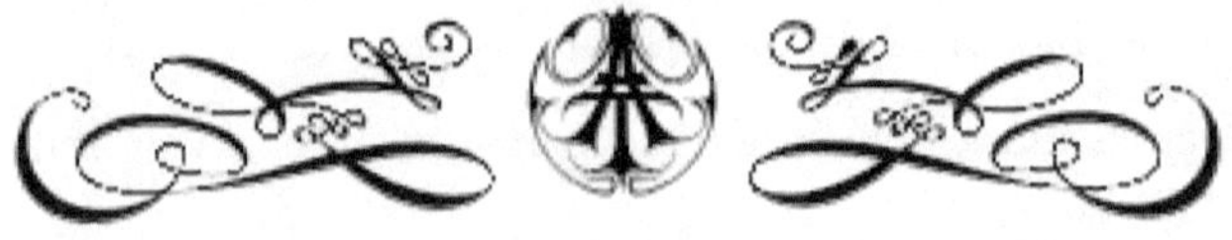

A bastante distancia de allí, el último de los Quaz tomaba un descanso en una pequeña charca que había hallado a su paso mientras una cría humana de tres años jugaba con la arena en la orilla. Se dirigían al sur, en busca de uno de esos famosos oasis del desierto en el que instalarse y ver pasar los días en paz.

—Siento importunarle en su descanso, caballero, mas permítame aconsejarle que no siga por este camino.

El mismísimo Dragón de Agua se sorprendió, pues no había sentido llegar a nadie. Sacó la cabeza del agua para ver al recién llegado, se trataba de un hombre anciano, de cabello blanco y peculiar bigote, que vestía unas prendas que el Quaz jamás había visto; demasiado pulcras para estar en medio de ninguna parte.

—¿Acaso es esto lo que llaman espejismo? —sabía que no, pero según su respuesta juzgaría a la clase de criatura que tenía delante.

—Oh, no. Puedo asegurarle que soy muy real —sonrió tras el bigote—. ¿Le importaría salir del agua? Me resulta incómodo conversar mirando hacia abajo.

Divertido, el Quaz le concedió audiencia y sacó del agua su cuerpo lo suficiente como para ponerse a la misma altura de tan inusual personaje, que ni se inmutó por su escamoso aspecto, cambiante a la luz del Sol.

—¿Y bien? ¿Por qué no debería seguir ese camino?

—Si sigue hacia el sur encontrará, efectivamente, un oasis espléndido en el que instalarse, mas tarde o temprano algún viajero le verá y ya sabe cómo son los humanos cuando sienten miedo. Ni usted ni la pequeña Lys durarán más de dos años en semejantes condiciones.

Había oído de muchos tipos de magia, pero nunca de nadie capaz de leer las mentes y profetizar el futuro a la vez. Aquel anciano no era lo que parecía, y era mejor andarse con cuidado ante él.

—¿Qué es esto, una profecía? ¿Es que eres alguna clase de demonio, viejo?

—No, pero he leído su final en incontables ocasiones, y me he propuesto cambiarlo. De usted depende que pueda hacerlo o no.

¿Leído su final?

—El destino no está escrito en ningún sitio, viejo —eso él lo sabía mejor que nadie.

—No, mas el final de esta historia sí —en aquel momento apareció un gato atigrado de la nada que caminaba sobre las patas traseras—. ¡Justo a tiempo, Botas! ¿Traes el puñal?

—Sí, señor —el minino no solo habló, sino que le tendió un cuchillo con forma de rayo, que también salió de la nada.

—Me he cansado de esta conversación, viejo —hizo una señal a Lys para que se le acercara.

Estaba cansado, pero con algo de esfuerzo sería capaz de alzar el vuelo y alejarse de allí.

—¿Y si pudiera ofrecerle un nuevo final? Digamos, por ejemplo, que estuviera en disposición de entregarle un lago propio en el criar a la pequeña sin temor a nada ni a na die, ¿le interesaría la conversación?

¿Por qué le ofrecía aquello?

—¿Cuál es la trampa?

—Bueno, tendría que cuidarme algo y no permitir que nadie se le acercara salvo que cumpliese ciertos requisitos.

—¿Quieres que te haga de perro guardián? —miró al puñal no muy convencido.

—Necesito unas gotas de su sangre para cerrar el pacto, pero sí, en esencia querría que me hiciera de perro guardián de algo muy valioso —confesó el extraño, interpretando la mirada del Quaz.

—¿Estás seguro de que no eres un demonio, viejo? —Algo le decía que ni volando escaparía de aquel personaje—. ¿Y si eligiera seguir mi camino?

—Es usted libre de hacerlo, mas piense que ese final ya está escrito y no podrá cambiarlo, y que su decisión repercutirá sobre el destino de dos personas.

Miró a su protegida con preocupación. Fue algo instintivo, y que le demostró que se estaba volviendo cada vez más humano. Pero el problema no era ese, sino su indiferencia ante el cambio.

—Muy bien, acepto tu propuesta.

—Espléndido. Botas, es tu turno.

El gato dibujó algo en el aire y una puerta apareció ante ellos.

—¿Qué clase de magia es esta? —preguntó cuándo atravesó aquella entrada con Lys en brazos.

Mientras aquella puerta se cerraba y desaparecía tal y como había surgido, pudo escucharse la risa del peculiar viejo.

—Eso, caballero, es otra historia.

ANEXOS
GLOSARIO DE LA HISTORIA

Odba: Pese a compartir ancestros con los Shuc-las, esta raza se desarrolló aparte, permaneciendo aislados pero en la tierra y no sobre ella. El motivo de esta emancipación está relacionado con la creación de los Señores del Clima y la utilización de su poder.

Quaz: Se trata de los orgullosos creadores de los Señores del Clima; una raza de humanoides mucho más avanzada tecnológicamente que el resto de humanos del continente y cuya tierra fue destruida, junto con la mayoría de sus habitantes, por Aniki y los suyos.

Señores del Clima: Pese a nacer como humanos, los Señores del Clima son una raza de criaturas fantásticas capaces de controlar los desastres ambientales. No se sabe muy bien qué origina su despertar, pero sí que los responsables de su creación fueron los antiguos Shuc-las.

Shuc-la: Se trata de una raza de criaturas humanoides con la capacidad de comunicarse entre ellos telepáticamente. Son además los orgullosos creadores de los Señores del Clima. No se consideran humanos, pero de vez en cuando se mezclan con ellos para renovar la sangre de su pueblo y evitar la endogamia.

GUIA DE PERSONAJES

Ahsed: Antepasada de los Odbas. Fue una de las últimas personas que conoció a Becna antes de que despertara como Señor del Clima.

Aniki: Líder de los Shuc-las renegados y principal culpable de la muerte de Röu. Golondrina trata por todos los medios de encontrarle para vengarse.

Becna: Es el verdadero nombre del Señor del Clima Luyoe, o al menos fue su nombre durante el tiempo previo a su despertar.

Dudo: Se trata de la mano derecha de Aniki, un Shuc-la renegado y mudo que cree firmemente que el fin justifica los medios.

Eltos: Se trata del Quaz o Dragón de Agua que los protagonistas conocieron en la ciudad de Lagos hace ya dos años. La diferencia es que ahora este ser ha encontrado la manera de vivir fuera del agua como un humano terriblemente parecido a Kirt.

Golondrina: Se trata de una Shuc-la que dedicó su vida a servir a Röu, del que estaba profundamente enamorada, y por eso a su muerte juró vengarle. Forma parte del grupo original de Cazadores de Tormentas y puede sentir el despertar de los Señores del Clima.

Hiedra: Es una muchacha originaria de Tatlas que ha escapado de la catástrofe acontecida en su pueblo gracias a la ayuda de Eltos, aunque no sabe muy bien cómo pasó.

Kirt: Es quien nos introdujo en la historia de Cazadores de Tormentas. Originario del desierto de Gaila, este joven se gana un puesto dentro del grupo y, tras la muerte de Röu, trata de continuar los estudios de este al tiempo que investiga los restos tecnológicos de la ciudad de Siresli.

Lunot: Conde de primer orden del Consejo de gobierno de Ilseris. Se trata, además, del primo de Vernam. Es un personaje peculiar que actúa según sus principios y gustos sin importarle lo que piensen los demás.

Lys: Se trata del bebé con el que el Quaz compartió su corazón dos años atrás, durante la primera incursión en Lagos de Rull y Golondrina. Es también la niña que vive con Eltos en Tatlas.

Mostaz: Se trata de un joven Shuc-la que pertenecía al grupo de rebeldes liderado por Aniki antes de que lo abandonaran cuando los antiguos Cazadores de Tormentas los derrotaron. Ahora vive en la torre, en una situación algo ambigua, ya que no es un invitado ni tampoco un intruso.

Roka: Hijo de Pantera. Es mitad humano mitad Odba, lo que provoca ciertos problemas con Golondrina al principio. Es un chico extremadamente callado que parece poseer habilidades parecidas a las de los Shuc-las.

Röu: Fundador de los Cazadores de Tormentas e inspiración para que Kirt decidiera convertirse en uno. Golondrina estaba enamorada de él, y hará lo que sea para vengarle.

Rull: Antiguo mujeriego cuyo interés parece haberse centrado exclusivamente en Golondrina. Se unió a los Cazadores de Tormentas a regañadientes y en contra de su voluntad, forzado por Röu, pero por alguna razón decidió quedarse con ellos y ayudarles.

Soah: Prima de Ahsed. Se trata de una de las antepasadas de los Odbas y Shuc-las, cuando estos eran un mismo pueblo.

Tsunde: Poco se sabe de este personaje salvo que es el difunto padre de Roka y antiguo príncipe del pueblo Odba.

Tsuntus: Vocal del Consejo Odba. Persigue el poder, por lo que no duda en insinuarse a Pantera.

Vernam: Se trata de un Odba al que le encargan ir en busca del hijo del príncipe Tsunde, que resulta ser el pequeño Roka.

Yazde: Esposa de Lunot. Ella y su marido no se llevan bien.

Lugares de Interes

Ciudad de Gemma: Una de las más antiguas del mundo de Cazadores de Tormentas, situada entre el desierto de Gaila y el antiguo Lagos, más o menos.

Ehsrab: Es la tierra natal de Rull y se considera un paraíso donde todos los sueños pueden cumplirse. Sin embargo, nada es lo que parece ser en este ostentoso lugar.

Ilseris: Ciudad natal de los Odbas. Se dice que está situada en la isla de Norde.

Kenlott: Ciudad origen de los antepasados Odbas y Shuclas. Lo único que los personajes saben de este lugar es que estaba hecho de piedra y que los pescadores lo creen maldito. Fue allí donde los experimentos para crear a los Señores del Clima tuvieron lugar.

Lagos: Ciudad situada en el este del mundo, famosa por sus tres pantanos y sus setenta y cuatro lagos. O lo era, ya que tras la muerte del Señor del Clima Shinyuo, sus tierras se secaron y todo el paisaje y fauna cambió drásticamente.

Norde: Pequeña isla situada al oeste del continente. Pese a ser bien conocida como el lugar donde viven los Odbas, y porque sus gentes comercian a menudo con Ehsrab, lo cierto es que por alguna extraña razón nadie va allí.

Río Aare: Se trata de las aguas que separan el Desierto de Gaila de la ciudad de Gemma. Antes formaba parte de las tierras de esta última, sin embargo el tiempo y las guerras cambiaron esto.

Siresli: Era la ciudad natal de Golondrina así como el hogar de los Shuc-las hasta que Aniki y su grupo lo destruyeron usando la propia creación de su pueblo, los Señores del Clima, para arrasarlos sin piedad. La particularidad de este lugar, además de su tecnología y su desconocida ubicación, era que flotaba en el aire.

Tatlas: Es la tierra de origen de Hiedra. Se trata de un extraño ecosistema, único n el mundo, en el que conviven un volcán activo y un invierno eterno. Es una península situada al norte del continente.

Villarosada: Viñedo propiedad de Rull situado en Ehsrab. Es la única posesión que no vendió cuando se marchó de allí, y le tiene mucho aprecio debido a los buenos recuerdos de su infancia.

SEÑORES DEL CLIMA

Luyoe: Señor del Clima capaz de controlar el magma. Vive junto a Saida en Tatlas, normalmente en forma de roca que es su estado latente, pero cuando despierta tiene forma de dragón. Es uno de los Señores del Clima más poderosos del mundo de Cazadores de

Tormentas.

Saida: Señora del Clima capaz de controlar la nieve. Vive junto a Luyoe en Tatlas y, aunque nadie sabe la forma que tiene, es ella quien mengua el poder de su compañero.

Shinyuo: Señor del Clima capaz de controlar las aguas. Es asesinado por el grupo de Shuc-las renegados que dirige Aniki.

Acerca del Autor

Rosario Jiménez Roque es una estudiante de ingeniería informática que dedica parte de su tiempo a la escritura de género fantástico. Nacida en febrero de 1993 en Sevilla, esta autora vio su esfuerzo recompensado cuando en 2016 Ediciones Oníricas publicó su primera novela, Cazadores de Tormentas. Desde entonces ha publicado dos libros más con ellos.

Cuando no tiene la nariz pegada a la pantalla de su portátil con algún entorno de programación, disfruta cuidando de sus canarios, leyendo y, sobre todo, escribiendo. Y es que, lo que para ella empezó como un hobby se ha convertido en su modo de expresarse y hacer llegar su opinión. En su literatura no solo se aprecia la influencia de los libros que han pasado por sus manos, también la de los mangas.

Actualmente está trabajando en las continuaciones de las obras que tiene publicadas con Ediciones Oníricas, ExLibric Y Ediciones Camelot, aunque no promete dejar de escribir historias nuevas mientras tanto.

Puedes contactar con ella a través de sus redes sociales. La encontrarás en Facebook (@rosariojimenezroque), Twitter e Instagram (@rosariojroque) y Telegram. Solo tienes que buscar "Rosario Jiménez Roque" en Google.

OTROS LIBROS DE LA AUTORA

El último de una orden de orgullosos guerreros, una maga recién salida de la academia, un príncipe que no es lo que parece y una guía que no dice todo lo que sabe. Son algunos de los componentes de El secreto del bosque de los sueños, una novela de fantasía que mantendrá en vilo al lector de inicio a fin.

En un mundo donde la magia es tabú, Manyou, una joven maga recién salida de la academia, se verá envuelta en los problemas políticos de una de las ciudades más importantes del continente cuando Jorad, un guerrero que desconfía de la magia, la enrede para que lo ayude a él y a un grupo de rebeldes a rescatar al príncipe perdido de Eren Joo.

Basada en la falsa noticia de internet llamada «la Mona Lisa de la luna», Estación Uno, es un viaje en el tiempo con el espacio como escenario donde pasado y futuro se funden en una misma cosa.

En un futuro no muy lejano la vida en la Tierra expira tras una inevitable tercera guerra mundial. Ragna y Neferu, dos humanoides creados artificialmente por los últimos supervivientes, tienen la misión de encontrar un lugar similar al que una vez fue el planeta que dejan atrás para recrear la vida de la Tierra. Sin embargo, sus experiencias durante el viaje, así como las opiniones que cada uno se va formando sobre lo que significa el ser humano, les llevará a plantearse si es eso lo que deben hacer realmente.

A lo largo de los siglos los habitantes de Sinnos han vivido su día a día creyendo ser los amos de su propio destino, sin saber que no son más que marionetas interpretando una obra tiempo atrás escrita. ¿Pero y si uno de ellos hubiese nacido con el poder de ver, modificar e incluso crear los hilos del resto? ¿Y si existiese todo un pueblo dedicado a proteger y decidir el destino?

¿Qué podría hacer él, un chico sin nombre ni futuro, si tuviese ese don? ¿Cambiaría su sino o se dejaría arrastrar hacia él?

LA SAGA TÓLENMAQ

Y LA PRIMERA PARTE DE ESTA SAGA